U0068042

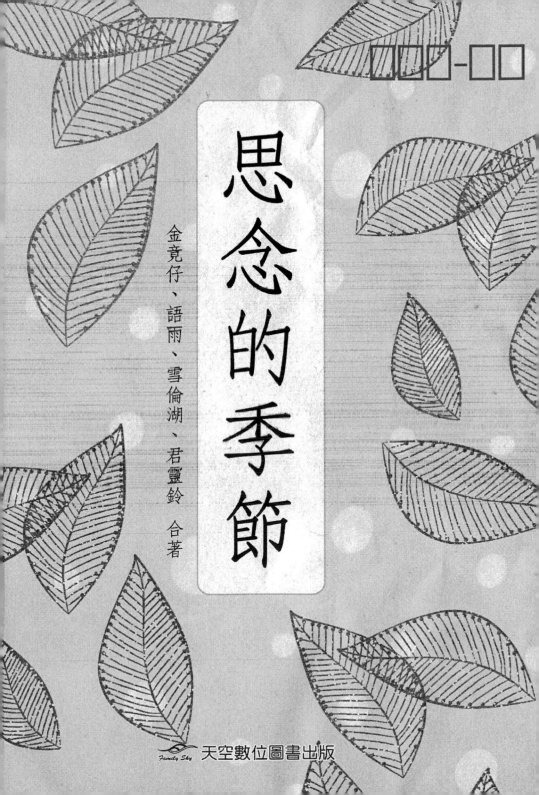

思念的季節

金竟仔、語雨、雪倫湖、君靈鈴 合著

天空數位圖書出版

目錄 金竟仔

最感人的思念	07
人生四苦	11
愛之深責之切《手中的藤條》	15
來不及長大《隔壁班的男孩》	17
媽媽的滋味《蔥花蛋》	19
祖母《駝背的背影》	21
小學導師	23
鄰座女孩	25
鄰家男孩	27
第一個同事	29
第一個老闆	31
師傅	33
乾姊姊	35
戰友	37
青春期的美味《韭菜盒》	39

目錄 語 雨

我們來放風箏　41

初次釣魚　45

暑假去補蟬　49

春天吃好睡飽　53

熱鬧的冬季　57

締造回憶的好季節　61

竹林中不可思議體驗(上)　65

竹林中不可思議體驗(下)　69

刨冰樂　73

夏季最亮眼的期待事物　77

畢業前看到的星空　前篇　81

畢業前看到的星空　後篇　85

那年秋天見到的景色　89

那入坑工藝活的暑假　93

毫無懸念的運動會　97

目錄 雪倫湖

可念不可說　　　　　　　101

再見一面　　　　　　　　105

楓葉　　　　　　　　　　109

最美遇見（上）　　　　　113

最美遇見（下）　　　　　117

風一樣的他　　　　　　　121

世界‧不同　　　　　　　125

下一站‧思念　　　　　　129

在青春相遇　　　　　　　133

青澀的印記　　　　　　　137

二十年　　　　　　　　　141

冷酷的夏天　　　　　　　145

桔梗　　　　　　　　　　149

某人　　　　　　　　　　153

未寄的情書　　　　　　　157

目錄 君靈鈴

玩火	161
牆	165
歲月	169
暗潮	173
風起	177
絢爛背後的孤寂	181
八月的一場風暴	185
現實中的夢想	189
放縱	193
一個人的寧靜	197
末日	201
門開著	205
暫停	209
面具	213
另一個世界	217

最感人的思念

文：金竟仔

金竟语

看了那麼多愛情電影、電視劇、小說，男主角思念女主角，又或是女主角思念男主角的情節，真的非常多。不過，我個人覺得最感人的思念就是《神鵰俠侶》中的「楊過與小龍女」。

雖然《神鵰俠侶》是一本武俠小說，不過這本小說最吸引人的，反而是他們二人的愛情故事。由當初楊過小時候的師徒關係，到之後日久生情，而互相愛慕。

再經過多種的苦難及離離合合，而且，當中的波折，甚至出現了二人的生死關頭，在絕情谷中，小龍女雖然改了名字，卻選擇了姓柳，意思就是掛念楊過的楊，結合成楊柳。

小龍女在斷腸崖上刻上：「十六年後，在此重會，夫妻情深，勿失信約。」，楊過被黃蓉欺騙了之後，等待小龍女十六年，就是思念妻子十六年，這十六年若不是他行俠仗義，真的不知道他是如何活過去的。

同樣地，小龍女跳下斷腸崖，在崖底何嘗不是思念著楊過，若非也不會在玉蜂上刻字，希望楊過能夠看得到。

二人都思念了對方十六年，結果是楊過因思念過度，一夜之間兩鬢斑白，更跳下斷腸崖，終於可以跟

小龍女再次相見。這段期間的思念，確實難以明白，今天因為武漢肺炎，很多國家都封關，不少情侶被迫分開差不多兩年，現在至少可以通個電話，甚至是映像傳送，在古代他們被迫分開，甚至乎連書信都無法來往，實在令人難以想像。

人生四苦

文：金竟仔

金竟仔

　　所謂人生四苦,「看不透、捨不得、輸不起、放不下」, 每一樣都似乎是人們很執著的心理。不過,我卻認為人生在世,最令人執著的便是思念。

　　思念大部份所說的都是人, 對人的思念最傷感, 如果當中加上愛情的成份, 就更加傷感。

　　思念、懷念、想念,看似不同程度或不同的形容, 實際都是一個「想」字,無論思念的程度如何,總是想著他、她、牠或它。想著,就是代表見不到,總帶給人離愁別緒,不知何時再相見的傷感。

　　思念一個人,思念過去跟他/她一起的種種,曾經發生過的事,一起進行過的活動,都在回憶裡浮現著。如今已經無法再見面,或者這輩子都沒有機會再見,又或者因為分隔兩地,相見無期。

　　就像現在因為武漢肺炎的疫情下,世界各國相繼封關,多少朋友、兄弟姐妹、父母子女、甚至是情人, 都被迫分隔兩地,大家只留下思念,不知道何日再相見,這種思念,真的不知道何時才可以解除。

　　幸好科技帶給我們進步,在思念故人的時候,可以透過網絡通訊,不只可以通話,還是直接透過影像傳送,雖然無法碰面,不過,還是可以在網絡上碰面。

　　人物之外，對於地方的思念，可能比思念人更哀傷，因為有些地方可能永遠不會再出現，例如已拆卸的建築物、結束營業的商業機構、或一些已關閉的場所，如果你對那些地方有感情，自然會思念起過去在這裡的種種回憶，甚至再次想起一些故人。

愛之深責之切

《手中的藤條》

文：金覓仔

　　讀書的時候，總有些人是特別調皮搗蛋的，這時，可能會有各式各樣的處罰，輕的只是掃地、罰站、跑操場、半蹲、打手心等，如果還不能讓學生乖乖聽話，就會有一個特別兇悍的人，手拿藤條，要學生趴著，把他們的屁股打到「開花」，回家之後才會開始痛，接著是瘀青，坐也不是，站也不是，那種痛，只有親身體會過的人才知道。

　　不過，總有人不信邪，已經告誡他不能玩鞭炮，還是硬要玩，就算屁股有「開花」之險還是要玩，悲劇就這樣發生了，點燃引信後才發現燃燒速度比平常快很多，還沒來得及反應就已經在手裡爆炸，食指第一截被炸爛，拇指第一截的肉也沒了大半，只能送醫院截肢，手掌也嚴重灼傷，經過這個教訓，學生再也不敢調皮，但傷害已經造成，無法彌補。

　　夏天很熱，就有學生跑到水塔裡面玩水，如果有伴還不算非常危險，至少發生意外呼救時還有人知，不過有些人天性孤僻，玩水不找伴，結果失蹤了，這時有位同學告訴老師，說會不會又跑去水塔裡玩水了，結果找到的時候已經是一具腫脹的屍體，兩個曾經屁股「開花」的學生，一個沒了手指，一個沒了性命，這時我才深深體會到愛之深責之切的意義，這麼痛的領悟，我才知道父親為何要拿藤條抽我，只因為我不用功念書，跑到水邊玩水，原來他是不想失去我。

來不及長大

《隔壁班的男孩》

文：金竟仔

　　他是個活潑好動的男生，笑容總掛在臉上，因為住在附近，所以經常一起玩，一起做功課，只是偶爾行為不受控，擅自跑到危險的河邊、海邊，或是爬上一些看起來很容易斷的樹上，還有在樓梯上跑來跑去，彷彿有用不完的精力，我雖然也很調皮，卻很少做一些危險的事。

　　那是二十年前的夏天，剛放暑假，他跟班上幾個同學去海邊玩，我因為家裡有事，沒有跟他們一起去，沒多久，壞消息傳遍整個社區，三個小朋友被海浪捲走，搜了幾天終於找到，但早已沒有氣息，多麼讓人心痛的一件事，認識的人一下子就走了三位，但不論怎麼呼籲、怎麼告誡，這種事每年還是一直發生，甚至有家長陪同一樣會發生憾事，究竟是為什麼呢？

　　玩水最忌諱的就是水域不熟悉，再來就是沒有救生圈或繩子，沒有一個專門負責安全的人，等到發現溺水，那個人早已筋疲力竭，說不定連救生圈都抓不住，而夏日的下午，下游可能還是艷陽天，上游卻早已大雨滂沱，山洪隨時會爆發，我認識的一家人，很喜歡在溪中玩耍，結果他們就遇上了，其中兩個人因為多玩了兩秒鐘，沒有聽到岸上的人大喊，等發現時水深已經及腰且流速甚快，想走到岸上已是不可能，岸邊的家人沒有繩子，只能眼睜睜看著兩個家人被水沖走，找到時已經面目全非，想起這些曾經的好友，心中無限感慨。

媽媽的滋味

《蔥花蛋》

文：金竟仔

　　青春期的小孩，肚子就像無底洞，怎麼吃都吃不飽。但總有身無分文，父母親又不在身邊的時候，於是我把冰箱裡的最後一個蛋煎了，不過沒辦法吃，因為焦了，還差點把廚房燒了，母親回到家，又生氣又覺得好笑，於是把我叫到廚房去，拿出剛買的蛋，教我煎最簡單的蔥花蛋，切一點蔥花，放一些鹽巴，一次打三個蛋進去，用筷子將它們打散打勻，鍋子熱了就將蛋液倒進去，不急著翻面，一會便關火，再用鍋鏟或夾子翻面，用餘溫把蛋煎熟。

　　後來有幾次都非常餓，母親又還沒回家，我就自己用相同的方式煎蔥花蛋，雖然味道不像母親的那樣美味，但吃飽是沒問題的，這道從小吃到大的蔥花蛋是我家的招牌菜，很平常，除了美味，還有母親滿滿的愛。

　　除了這道菜，母親還教了紅豆湯、綠豆湯、羅宋湯、青菜豆腐湯、蔥爆牛肉、蔥爆豬肉、滷蛋等等家常菜，炒青菜我練習了好多次還是炒不好，炒飯也是，如今再也吃不到這些菜了，倒不是我不會做，而是已經沒有跟母親一起住了，沒了那熟悉的味道，我自己做的，除了沒辦法達到美味，還會觸景傷情，回想起從前的歡笑，怎會一轉眼就十數年過去，怎會一轉眼我也成熟了，時光果真是飛逝，原來歲月不饒人這句話讓人好心痛，媽媽的滋味，永遠在我心中，不會散去。

祖母

《駝背的背影》

文：金竟仔

　　五歲大的孩子，對於記憶這件事應該是很模糊的，但有一個人的背影卻深深烙印在我心裡，她是我的祖母，一個願意為她的孫子付出的人。

　　大家庭的好處就是人多，一個大人就可以照顧一群小孩，不用像現代人一樣，將小孩送到幼兒園或是保母家中，祖母幾乎一輩子都在做這樣的事，她深深知道小孩的需求，會在何時撒嬌？何時哭鬧？為何打架？什麼事都逃不過她的法眼，但手心是肉，手背還是肉，都是自己的兒子，都是自己的孫子，只有一個方法可以擺平，那就是公平，不偏愛任何一個人。

　　當大部分的孫子都長大了，年紀小的才有機會得到較多的寵愛？不，此時的祖母已經年邁，看著她的身體越來越虛弱，腰越來越彎，從身後看去已經看不到頭，右手拿著拐杖，步履蹣跚地走向公車站，一種苦楚在心中蔓延，她把一生都奉獻給了這個家，卻沒人陪她去看病，我知道我還小，但有些事還是辦得到的，於是穿著拖鞋就跑向她，跟著她去醫院，幫忙拿藥，幫忙開門，上下樓梯扶著她，或許不算什麼！但能陪她一天便算一天，無論任何人都會有離開的一天，要把握能夠相聚的時刻，特別這個世界處於疫情之下，很多人都分隔兩地，更要珍惜眼前人，要知道分隔不同地方，能夠見面的日子都不知道是何時。

小學導師

文：金竟仔

　　對於自動自發的學生，老師不用擔心他們，只要適時的鼓勵或挫挫銳氣，這種學生自然就會交出好成績，相反的，資質不夠又不努力的學生，老師的態度就非常重要，有的老師選擇睜一隻眼閉一隻眼，有的老師選擇嚴加看管，也有的老師選擇當他們的朋友，無論是那一種，都有人抱怨，也有人喜歡，幾十年後，老師可能已經成了一堆白骨，卻永遠活在學生心中。

　　網路還沒有很發達的年代，小學生能夠學習的地方就是學校了，一個好的導師，會帶學生進學校的圖書館，會針對不同的學生做出適當的教學，引導他的學生向上，讓學生們樂於學習，樂於接受新知，眼界開了，心胸也寬大了，品德自然就不用太多的教條來約束，只需偶爾提點，但是對那種全班都放棄自我的，真的就難為老師了。

　　那一年，我用通訊錄上的地址，找到了小學導師，他憔悴的面容，落寞的神情讓人心痛。事情的發生是因為某個學生的劣行，不愛念書就算了，還跟販毒的父親拿了毒品，殘害年僅十一歲的同班同學，而且不只一人，這種事其實不能完全怪他，學生私底下的行為，老師怎可能完全掌握，但他卻被受害的學生家長不斷指責，導致精神崩潰，最終只能辭職謝罪，被迫提前退休的他，失去經濟的支柱，也失去精神的寄託，日漸憔悴，終日悶悶不樂，實在讓人不捨。

鄰座女孩

文：金竟仔

　　小學的時候，班上的男女各半，男生一排，女生一排，所以左右都是女生，左邊的女生，個性內向，不喜歡跟男生說話，尤其是我，不知道為什麼？她就是不肯跟我說話，不過她不是這篇文章的主角，坐在我右邊的女孩，活潑大方，偶爾會傳紙條給我，分享零食，還會一起研究功課，在我小學的時候，是個非常重要的伴。

　　隨著時間過去，我們一天天長大，彼此的感情越來越深，不是情侶那種，比較像是家人，會關心對方，會鼓勵對方，有什麼心事，也會向對方傾吐，而放學後也會一起回家，因為順路的關係，常常在她家門口才道別，放假或考試前，她也會來家裡，一起溫習功課，轉眼之間，就要分開了，因為上中學之後，我們無法同班了，畢業典禮那天，我們在她家的門口道別，她忽然緊緊抱著我，眼睛都哭紅了。

　　上中學之後，我們還是同校，或許是青春期的關係，她已經亭亭玉立，身體起了變化的她，吸引了年紀較大男生的注意，也開始有了追求者，那時起，我們就很少見面，偶爾會在上學的途中遇到，打個招呼或聊個幾句，但感覺已經有些生疏，漸漸地，我們幾乎沒有交集，再度長談那天，她哭得唏哩嘩啦，原來是失戀了，她找不到人可以傾吐，所以想起了我，那是她的初戀，跟一個十六歲的男孩，花心的男孩，同時有三個女朋友。

鄰家男孩

文：金竟仔

　　成長的過程中，總有個人一直陪在身邊，一起念書、上學、寫功課、玩耍、冒險，他就是鄰家男孩。兩個年紀一樣大，連出生日都接近的兩人，就住在隔壁，可以想像他們的母親，幾乎同時期懷孕，也在同一個月生小孩，他們第一次見面，就在一個多月大的時候，從他們會爬開始，就已經一起玩耍，直到十歲那年，有一個人搬家了。

　　他的父親是公務員，經常需要配合輪調，起初都在不遠的地方，所以都是通勤，但這次不一樣，必須搬家，否則就要半個月回家一次，除了車程遠，另一個考量是讓妻子獨自在家照顧小孩實在太辛苦，於是他們商量的結果就是搬家。那是暑假前幾天，鄰家男孩忽然跑來敲門，接著就緊緊抱著好朋友，哭到呼天搶地，然後才說出搬家的事。

　　搬走的初期，還會收到他的電話，接著是半年一次，然後一年一封賀卡，上了高中之後就再也沒有消息了，而且也沒有聯絡，高中畢業後，循著地址去找，得知他們又搬家了，這次沒有資料，於是兩人的緣分到此結束。拿起相簿，發現兩人唯一的一張合照，就是一起慶祝八歲生日那天拍的，兩人天真又燦爛的笑，可惜此情此景早已不復在，如今對方音訊全無，再度有他的消息時，卻是件讓人悲痛萬分的事，一場無情的火災，奪走他一家人的性命，頓時眼淚模糊了視線，讓人難以接受。

第一個同事

文：金竟仔

金竟仔

　　這是好久以前的事了，那是我的第一份工作，雖然是兼職，但能賺一些錢，所以就做了，報到之後，一位年長的女性帶領我，一步步的學習，直到我能夠獨立完成所有的事，她說我的運氣很好，因為我跟她死去的小孩很像，所以她對我就像對自己的小孩一樣，所以在工作上傾囊相授，不只是這樣，她還邀請我到她家吃飯、聊天。

　　年輕的我，在她家看到了一張照片，一個約二十歲的男生，髮型跟我的很像，還坐著一輛白色汽車，她說，就是那白色汽車害死她兒子的，他跟一群人在半夜飆車，車子在轉彎處失控打滑，使他當場死亡，那時他才剛過完十九歲生日不久，另一張照片是她的女兒跟丈夫，她說丈夫跟別的女人跑了，女兒剛嫁出去幾個月，所以家裡只剩她一人。

　　但畢竟只是打工，我沒有在那裡很久，她雖然留了電話跟地址給我，但忙於功課的我，想起她的時候已經找不到人，她早已辭職，也搬家了，現在應該也有八十歲左右了，就算再見面，她也未必想得起我是誰吧！

　　出了社會，我深深的體會到她的關懷，因為在職場裡，願意把真功夫告訴晚輩的人並不多，新人不被騙、不被虐待就不錯了，被刁難、排擠很正常，被利用也很正常，現在回想起她，真的是感慨萬千，我們之間的關係，不像同事，竟然更像母子。

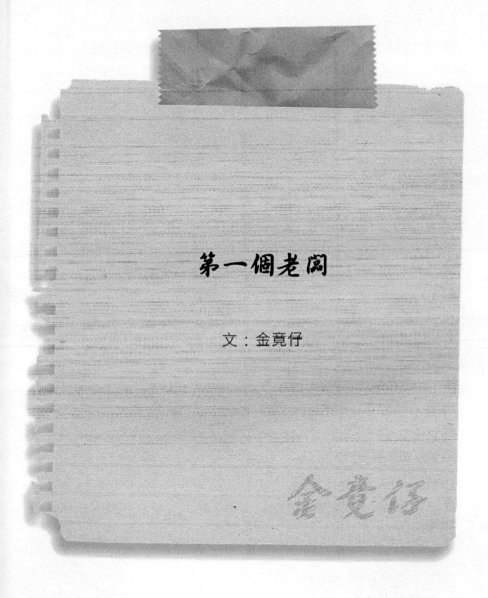

第一個老闆

文：金竟仔

　　第一份工作就遇到了一個好同事，也遇到了一個好老闆，他知道我只是過客，以後也不太可能繼續為他效勞，因此在關係上就沒那麼緊張，凡事只要完成就好，不會要求效率，也不會要求加班，或是一些超過能力的事，他常說，我只是來幫忙的，能分攤多少算多少，其它的不重要，為人豪爽的他，事業自然是越來越大。

　　隔年暑假前，老闆還是在報紙上徵求工讀生，我打電話過去問，他便直接要我放假再過去幫忙，此時的我已經駕輕就熟，不需要有人教導或分配工作，暑假結束後，老闆多給了五千元的獎金，並希望我在隔年暑假也去幫忙，我沒有立即答應，未來的事誰也說不準。

　　當事業越來越大，也表示員工數量越來越多，如果制度沒有訂定，或是企業文化沒有形成，那麼還沒跟別人競爭之前，內部的和諧與團結與否，就會影響公司的前途，萬一出了幾個間諜、豬隊友，那公司的發展就堪慮了，果然，他的營運出了一些狀況，並被競爭對手搞得七葷八素。

　　做生意，無論是那一行，最麻煩的永遠是人，人有七情六欲，也有悲歡離合，有的人天生樂觀，也有人天天抱怨，而老闆其實是最忙的，他一個人要對所有的部門，要對帳、抽查品管、看庫存，甚至門面不夠乾淨，還得吩咐清潔人員動手，有些事不盯著，可能會讓公司垮了，或是損失慘重的。

師傅

文：金竟仔

　　不論我們在學校裡學到的是什麼？出了社會，找到什麼工作？我們都會面臨一些新的問題、困難，有的透過學習可以解決，有的時間久了就可以解決，但有些公司不允許新人要花那麼長的時間學習跟適應，這時他們就會採用師徒制，讓新人盡快上軌道，讓他很快就可以為公司賺錢，或是得到公司想要的成果。

　　他是我職場上的師傅，跟別的師傅不一樣，他教東西很有耐心，會等到我可以完成他想要的程度，不像有的人，只講一遍，而且還可能讓我走錯路，幾個月後，他告訴我，該是我長大的時候了，他問我，要不要學更多？也就是別的部門的事，我點點頭，於是就這樣又學了半年，之後董事長就親自召見，問我願不願意接任主管，於是我就這樣升職了。

　　師傅後來也升任廠長，管理著數百員工，後來我才知道，所有主管階級的人都是他的徒弟，包括空降的總經理，也都被他教了一年半才能勝任那個位置，一個在公司地位這麼崇高的人，董事長也非常放心讓他管一個廠，然後蓋新廠也都對他言聽計從，從管線配置、機台位置、物料存放、員工休息處、宿舍等等都是，新廠的效率果然高過舊廠三成以上，於是又蓋了另一個新廠，取代了舊廠，公司的規模越來越大，最大的功臣便是我的師傅，也是大家的師傅，一個讓人永遠不會忘記的師傅。

乾姊姊

文：金竟仔

　　她是職場中認識的，因為朝夕相處，就像親人一般的照顧我，退休之後，她希望我常常去看她，於是就把我認為乾弟弟，在退休初期，我確實還有去見見她，但因為離職了，也離開了那裡，兩人就沒再見面，只有書信跟電話聯絡，直到有一天早上，接到一通陌生人打來的電話，說她已經走了，她的遺願是再見到我一面。

　　一問之下，才知道她離婚之後，就開始獨居，父母早就死了，而且她是獨生女，也沒有生小孩，打電話給我的是她的律師，臥病在床的她，沒有等到我，抱著遺憾離開，聽到這裡，我的眼眶裡滿是淚水，沒辦法說話。

　　律師交給我一本她寫的日記，日記裡寫的是我跟她的互動，這時我才明白她把我當成兒子，而不是乾弟弟，那些共事時的歡笑，還有艱難，仔細回想，確實有母親的感覺在相處的時候，只不過我當時不知道自己對她有那麼重要。

　　轉眼間，她已經離開十年了，翻開她寫的日記，泛黃的紙張，暈開的墨，那些往事已經過了二十年了，帶上日記，買一束她最愛的黃玫瑰，最愛吃的紅燒獅子頭，來到她的墳前，我靜靜地看著她的照片，原來我是如此幸運，有一個這樣的同事，默默地守護著我，讓我在公司順順利利地過了那麼多難關，解決了那麼多的麻煩，但命運就是如此愛捉弄人，兩人的緣分止於我離職的時候。

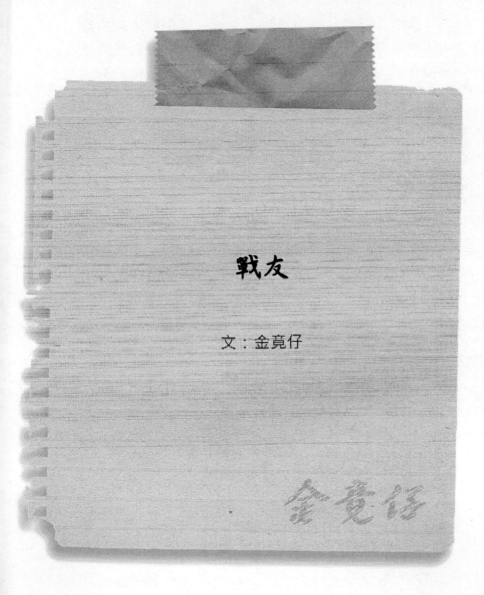

戰友

文：金竟仔

　　商場如戰場，做生意除非獨資，否則就會有合夥人，也就是戰友，好的戰友讓你上天堂，賺錢又吃香喝辣，但也有豬隊友，讓你賠錢賠到懷疑人生，有的人會一直維持好戰友的狀態，也有人會從好戰友變成豬隊友，但一開始就是豬隊友的，似乎沒有變成好戰友的跡象，人都會變的，只是會變什麼樣子？

　　跟他的合夥，是好朋友的搓合，三個人合力打拼，本來是可以共創美好的未來，剛開始那兩年，大家都幹勁十足，業績也平穩成長，但也就是這樣而已，賺了一些錢後，他變了，開始迷戀酒店小姐，上班不正常、客戶問題處理不善，到最後還要求拆夥退股，搞得烏煙瘴氣之後，終於把他請走，讓公司回歸正軌。

　　好友在經歷此事之後，似乎也心灰意冷，經過很長一段時間才恢復一半的幹勁，被好朋友背叛確實很難受，我知道他的痛，可是他沒走出來，再也不願意完全信賴一個人，雖然我跟他的情誼仍在，但仍然無法挽回他的心，公司還是解散了。

　　這些年，我跟好友偶爾有聯絡，可惜他已經不再是那個意氣風發的少年，歲月在臉上留下了證據，也讓他受了更多次的傷，正所謂害人之心不可有，防人之心不可無，現在的他，已經無法相信別人，即使是我這個幾十年的老友，那個無所不談，毫無保留的好友已經不再了，即使是相同的軀體，那純潔的靈魂卻早已離去。

青春期的美味

《韭菜盒》

文：金覓仔

　　放學後，父母還在上班，便當店還沒開始營業，但肚子已經餓了，嘰哩咕嚕地叫著，沒有太多的選擇，要不就是多花點錢吃麵，不然就是紅豆餅，或是路口的韭菜盒，他們沒有招牌，只是簡單的一台推車，每當下午三點，就會開始做生意，直到帶出門的材料用完就收攤。

　　除了韭菜盒，還有賣蔥油餅、豬肉餡餅，我通常會點一個韭菜盒，跟一個蔥油餅加蛋，蔥油餅的品質比較不穩定，偶爾太焦，偶爾煎不夠久，但還能填飽肚子就是，但韭菜盒的味道就很一致，平常不吃辣的我，會擠一些甜辣醬在裡面，配上一杯開水或紅茶，補充足夠的水分，又能暫時將肚子填飽，這樣的組合讓我度過不少的時光，也省去我跑得老遠吃東西的麻煩。

　　但人是會老的，這種辛苦的工作只能增加部分收入，偶爾因為生意不好還會虧本，很難維持生活，因此他們決定收攤不做了，夫妻兩人退休的時候，已經都七十多歲，雖然不捨，也只能這樣，當手中接過韭菜盒，老闆說這是最後一個，以後不會出來做生意了，因為兩人的體力都不行了，看著他眼眶中泛著淚光，我不知道該怎麼安慰他，感覺說什麼都不對，接著他們推著推車，消失在遠方，也永遠消失在我生命中了。多年後，只要有看到賣韭菜盒的，我就會買一個嚐嚐，味道喜歡的話就會再度光顧。

我們來放風箏

文：語雨

　　秋天是出遊的好季節，在暑假過後，就只有中秋節讓人期待一點，家人總會在團聚之後，計畫出遊的地點和日子，如果是連假的話，還會去遠一點的地方玩。

　　某次中秋節，我們全家和親戚一起出遊，那次出外兜風時，在路途中看見有觀光景點就開車進去了，屬於沒有計畫性的出遊。

　　那景點好山好水，還有鋪上石階讓登山客可以走，可惜有些人身上的裝備並不適合登山，一路上走走停停，幾名姑媽姑婆就喊腳痛不願意再上山，就在半山腰的賣店停下來休息，不過在半山腰景色也很好，算是不虛此遊。

　　幾個大人坐在賣店前面聊天，但是我們幾個小毛頭當然坐不住，立刻衝去賣店看看有賣什麼好玩，一看之下失望透頂，賣店根本沒什麼有趣商品。

　　「這是什麼？」

　　就在當下，表妹忽然對著某個做成鳥型的平面商品問，身後的舅舅看了就說道：「怎麼？你們連風箏都不知道？」

　　「就是櫻桃小丸子拉的那個嗎？」

　　動畫裡的風箏是四方形，而這風箏做成鳥的模樣，所以才一時之間沒有認出來，而且我們從來沒有拉過風箏。

　　叫舅舅買下來後，我們幾個小毛頭試著拉，橫拉豎拉都沒辦法拉上天，氣得我們直跺腳，舅舅在一旁看忍不住捧腹大笑。

　　後來知道必須要有人拿著一起跑才可以，之後我們試跑幾次，總算讓風箏飛起來，風箏越飛越高，幾個小孩也越來越興奮。

　　之後，一陣強風吹來，風箏線就此斷線，鳥型的風箏在表妹嚎啕大哭中越飛越遠，那就是我們第一次放風箏的回憶。

初次釣魚

文：語雨

　　以往在春假時，母親總會帶著我跟妹妹兩個小屁孩回到高雄的娘家，外婆的住處是鄉下地方，此處非常幽靜，沿途中全是水稻田，附近還有一大片竹林，是一處山靈水秀之地。

　　雖然這環境對大人可能不錯，不過對小孩來說無聊得要死，沒有租書店，沒有網咖，騎機車半個小時才能見到一家便利商店，從外婆和阿姨那邊收到的紅包也沒處可以花用，簡直如同地獄一樣。

　　電視上都是重播的老電影，外婆家連電動都沒有，只有幾本早就翻爛的漫畫，我們兄妹倆無聊到在外婆家的地板滾來滾來。

　　「我們去釣魚吧，竹林裡面有一處小潭。」

　　舅舅大概看不下去了，踩住在地板上向滾動的我們提案。

　　釣魚？那有什麼好玩的？

　　不過妹妹想法跟我不一樣，大概覺得釣魚比滾來滾去好玩，雖然臉色不是很感興趣，還是點頭答應，我也只好跟著兩人一起去。

走到了半小時的路，很快就到了小池塘附近，舅舅拿出釣餌，妹妹一看之下，嚇得雞飛狗跳，抓住我的手不放。

「蚯蚓啊啊！好大！哥哥！」

裝好釣餌，一大倆小就開始垂釣，跟我想象的不一樣，浮標很快就有動靜，舅舅叫我拉起，我釣起生平第一隻獵物。

是烏龜。

我默默的把牠放在水桶內，繼續第二次垂釣，等不了多久，釣竿又有動靜，這次我不等提醒，直接拉起，生平第二隻獵物。

還是烏龜。

旁邊的妹妹已經笑倒在地上，笑聲讓我很不爽。

這個池子只有烏龜嗎？

幸好接下來上釣不再是烏龜了，這就是我第一次釣魚......

暑假去補蟬

文：語雨

　　那一年的夏天蟬叫聲非常響，我就讀的學校當時根本沒有冷氣，當老師想要打開窗戶透透氣，就會被那驚天動地的蟬叫聲嚇到關窗，根本無法上課。

　　教室的電風扇吹出來的都是熱氣，還有幾天就是暑假，學生們完全心不在焉，老師看狀況也只能嘆一口氣，坐在位子上就喝起涼茶了。

　　就算是關窗，外面的蟬叫還是吵得不停，老師發呆一會兒，說起以前小時候補蟬的趣事，說是五、六個人一起去山上抓蟲，除了蟬以外，還抓了獨角仙和鍬形蟲，那時的鍬形蟲甚至還有巴掌大的體型，聽得我們男生一愣一愣。

　　過了幾日，學校放暑假了，幾位朋友相約來玩電動，玩了幾天後，老母受不了，直接叫我們滾出去玩，洛克人二代還沒破關的就被趕出去了。

　　那麼學生能在外面玩什麼？那時候又沒有智慧手機可以連線玩，我們又是窮光蛋，舉凡要花錢的網咖和租書店都沒辦法進去。

　　「去抓蟬吧。」

　　不知道是那個人提議的，湊合各自家中的捕蟲網，還夠每個人用，一行人浩浩蕩蕩來到學校的後山，各

自比賽要看誰的數量多，如果抓到其牠的甲蟲也可以算分數。

　　沒想到，所謂抓蟬真是難，抓蟲更難……

　　都市小孩根本沒有潛伏技能，一發現目標，稍微動作大一點，蟲子就扉走了，雖然有看見幾隻大甲蟲和蟬，可是完全抓不到，其中一位同伴一時不慎，還被蟬尿淋到了。

　　哇哈哈哈，你們這群小屁孩，動作實在太慢了。

　　彷彿聽見這樣蟬叫聲，這是無數夏日回憶之一。

思念的季節

春天吃好睡飽

文：語雨

　　講到春天會想到什麼？春眠不覺曉，睡覺吃到飽？

　　春天是美食的季節，其中我最喜歡就是春筍了，春天就是吃竹筍最好的季節,不論是做成竹筍豬肉湯，或是做成春筍炒牛肉，想起來都叫人口水直流。

　　當然，最期待還是春捲，春節之後，家裡的婆婆媽媽會花幾天來買齊材料,當搬運工的當然是我們這些小輩，雖然很辛苦，不過想到之後的大餐就不以為意了。

　　當日，那群婆婆媽媽會在廚房料理,炒了一大盤豬肉和雞肉，加上細麵、炒蛋和豆芽菜等諸多菜餚，將料理好後，全擺在桌上，我們就可以拿著麵皮，包起喜歡的餡料吃，不論大人小孩都吃得很高興，是每年春天必然會出現的場面。

　　到了春天，不知為何，本人總是睡再多也不夠，當下班洗完澡吃完晚飯,躺在床上想要打開電視看時，才瞇著眼躺一下而已就發覺已經天亮了。

　　去外面工作時情況也是差不多，吃完晚餐後，跟我住同公司宿舍的同事一面玩牌一面聊天，才稍微瞇一下眼睛，就倒在沙發上睡著了。

「喂喂！沒事吧，趕快起來，睡著會死掉的！」

「會死才怪，這裡是雪山嗎？連爸爸都沒有打過我！」

偶爾，同事會來探一下我的鼻息，一面打我臉頰，雖然從公司宿舍離開很久了，那時的嘻笑怒罵之聲，時不時在耳邊響起。

春天真是吃飽睡飽的好季節啊。

思念的季節

熱鬧的冬季

文：語雨

　　記得小時候很喜歡冬天，因為冬天來了就代表放寒假了，放寒假就是過年，平時晚一點睡、在半夜尖叫、在家裡亂跑和在床上亂跳，就會被大人至上主義的鐵拳制裁，不過到了過年這幾天全部解禁。

　　表兄弟姊妹一個個可以在家裡跑來跑去，一面尖叫一面在床上亂跳，還可以整晚不睡，之後還有像是收壓歲錢，一起打電玩等樂事可以做。

　　不過隨著長大進入社會後，對於冬天我就沒什麼好回憶了，因為嚴冬之時，就是我身上異位性皮膚炎發作最嚴重的時期，小時候還不覺得怎麼樣，長大成人之後，冬風一刮，讓皮膚有如芒刺在背，洗澡後更有如萬針在扎，用大浴巾擦乾淨身體時，總是覺得像是在扒皮一樣，又癢又痛。

　　當過年時，親戚聚集到本家，我已經從被照顧的那邊，變成照顧孩子這邊了，才知道那些死屁孩到底有多番、有多難搞，基於過年不要罵小孩子的不成文規定，我只得將一肚子火往下吞，還得擠出笑容，掏出皮夾內的鈔票塞進紅包，發給那群屁孩們……

　　「怎麼這麼少？」

　　當那群小孩子掀了掀紅包，露出輕蔑的眼神時，我還得壓下當場真想給他們來記背橋摔的衝動，同時之間，也體會到當時長輩在我們小屁孩時代的心酸了。

　　雖然華人在冬天總有一番熱鬧，隨著年紀越來越大，心頭也越來越冷淡了，有時我會羨慕看著那些孩子胡鬧，這就是邁向成人的悲哀吧。

思念的季節

締造回憶的好季節

文：語雨

春天過後，迎來酷暑的氣候，那就是夏季了。

台灣的緯度屬於亞熱帶區域，在這條緯度上的大陸地區多數都是沙漠，然而，託了海洋水氣的福，總算免於沙漠化之苦，不過仍然酷熱難耐，也難怪學校選擇放暑假，這時期恐怕連老師都會因為酷暑而無心教學。

學生放暑假很高興，不過身為社會人士就跟暑假無關了，反而更覺得很可恨了，因為暑假一開始，學生們就會野放到各地，不論是風景區和娛樂場所都會變成人擠人的場所，同時工作也更加繁多，所以社會人士是很討厭暑假的。

當然，暑假也有好處，就是各個風景區和旅遊業者為了搶客人都會提出許多優惠方案，政府也會補助一些，所以平時存起來的錢和特休就有地方可以花了。

朋友們總會趁著假期，選上幾個優惠方案，邀約一起度過這炎炎假日，雖然我比較喜歡懶洋洋的在家中打滾，不過朋友邀約盛情難卻，一起平分花費，接著就是快樂的旅遊行了。

托這些朋友的福，夏季時節，總能到台灣各地去旅遊，我最喜歡的就是除了海邊以外的避暑地了，像

是日月潭、澄清湖之類的湖泊水潭之旅，讓一陣陣飽含水分的涼風吹散了暑氣。

最令我印象深刻就是某休閒農場了，在那裡不只有一大片草原，還可以到戲水區玩水、划竹筏，不但玩得盡興，還清涼透頂，暑氣盡消。

夏日真是締造回憶的好季節啊……

竹林中不可思議體驗(上)

文：語雨

　　在兒時，過年初二那天，雙親都會帶著我們前去母親娘家，那是很鄉下的地方，最近的便利商店要騎機車一個小時才會到達，除了可以冒險的竹林和釣魚的池塘，什麼都沒有，雖然可以見到外公和外婆很高興，不過對小孩子來說太無聊了。

　　某年的新年我們又回到那裡，一樣的親戚和風景，一樣難以打發的時間，於是，吃過午餐後，我跑去附近的竹林探險。

　　那片竹林很大，路徑錯綜複雜，每條路看起來都一模一樣，初次來的話，連大人都很容易迷路，不過對從小到大一直在裡面玩耍的我根本不會造成障礙，可以輕易在裡面繞來繞去。

　　到了竹林中的狐仙祠堂，我總是在這裡雙手合十，站立一會兒，當然腦袋什麼都沒有想，只是覺得應該這麼做而已。

　　默禱完後，我在竹林四處遊蕩，落葉堆積的地面，粗大到變成灰色的竹子，還有孤立在竹林內的幾座大墳，都是看熟的景色，不過當走在竹林小路分歧處，眼角陡然間閃過一縷白色衣角，接著肚子受到撞擊，坐倒在地上。

　　對方是比我小一到兩歲的女孩子，年紀大概跟妹妹差不多，身高到我胸口，對方坐在肚子上，目不轉睛的看著我。

　　「那......那個，你是誰啊？我在附近沒見過你。」

　　住在附近幾乎都有血緣關係，過年時也會來親戚，這些親戚只有幾位討人厭的大哥哥，並沒有這麼小的孩子。

　　「來玩吧，一起玩。」

　　「那個你......」

　　「一起玩，一起玩，我們一起玩！」

思念的季節

竹林中不可思議體驗（下）

文：語雨

　　那女孩子眼睛閃閃發亮，在肚皮上下跳動，壓得我都快要吐出來了，於是我趕緊說：「好，我們一塊玩。」

　　「耶～我們一起玩！」

　　那女孩發出歡呼，從肚子退下來，小手一拉，把我從地上拉起來，雖然女孩年紀跟妹妹差不多，但行為十分稚氣。

　　「妳想玩什麼？」

　　「我......我不知道呢，一起玩！」

　　「那玩一二三木頭人？不會吧，你不知道喔？」

　　那女孩顯得十分興奮，我只好說出腦袋最先浮現的遊戲，解釋規則後，開始玩遊戲，之後又玩了捉迷藏和灌蟋蟀，我敗得一踏糊塗，不論勝負，對方一律都笑得花枝亂顫，我也漸漸樂在其中。

　　「我有點累了，我想要回家。」

　　「天還很亮，再玩嘛。」

　　那女孩子聽了鼓起臉頰，表情甚是不願，不過從剛剛開始，我就覺得心慌慌的，感覺有某種東西忘在家裡，必須趕快回去拿，我耐心的告訴她，明天還可以一起玩。

「笨蛋......」

那名少女做個鬼臉，眼前一花，鞭炮聲傳來，下一刻，我看見許多大人拿著手電筒在黑夜的竹林中到處走動，當手電筒的光芒照到我時，一名大人大喊：「找到了」一面抓住我的肩膀。

後來我告知大人詳情，大人問我對方長相，不可思議的是，除了那雙靈活大眼外，髮型和長相我竟然想不起來。

現在回到外婆家時，我都會在竹林待上一會兒，北風吹過，彷彿在耳邊聽見她咯咯的笑聲，那雙鬼靈精的雙眸好像下一刻就會從歧路探出來。

刨冰樂

文：語雨

　　台灣的秋天比夏天還要熱，俗話說這是秋老虎的季節，有比夏日酷暑還厲害的含意在，夏天各種涼飲、冰品是不可少，放學後常見學生在飲料店聚集，冰棒也是一支接著一支啃。

　　某一年，小鎮上的神明過生日，放鞭炮加上舞龍舞獅，連八家將也出來湊熱鬧，就當心想天氣這麼熱，大家真有精神時，父母就把趴在冰冷地板上打滾的我們兄妹拖出來，在烈日照耀下，看什麼都不有趣，我和妹妹都是一副生無可戀的死樣子。

　　就在那時，妹妹發現大廟旁邊有攤販，攤販把一塊大冰塊裝機器上，隨著機器旋轉，碎冰有如雪花般降在大盤子上，那是我們兄妹倆第一次看到刨冰，看得目不轉睛，趕忙拉著父母來買。

　　刨冰攤可以選擇加粉圓、紅豆等多樣餡料，我加了一大堆，全要老爸付錢，為此老爸還賞了我一記爆栗。

　　第一次吃刨冰，我和老妹狼吞虎嚥，隨即痛得捂著額頭，心想原來世上還有這種冰品，我向老爸問了可不可以在家裡製作，老爸表情不置可否。

　　第二天我家多一台塑膠做的刨冰機，那冰塊必須用特製容器，然後手動旋轉，外貌看起來很像玩具，

當我們將冰塊放進去刨時，一片片雪花降下來，看起來還滿有趣的。

　　家裡當然沒餡料可以加上去，剛開始我們澆上果糖，後來直接用可樂冰凍，也嚐試使用多種果汁，玩得不亦樂乎。

　　後來每逢酷暑時，就是那台玩具刨冰機出場的時機了。

夏季最亮眼的期待事物

文：語雨

　　我家附近有個風景區，名叫做虎頭埤，在假日時總有許多人潮，算是有名的旅遊景點，新化當地居民可以以近乎免費的價格進去，不過對新化人來說，在假日寧願到外縣市去玩，這大概就是當地人不會去當地旅遊區的奇妙法則。

　　不過我卻不一樣，在小學時期，以我腳踏車車程最遠的地方就是虎頭埤了，因此我常常在放學後，跨上腳踏車就往那風景區騎去，在我記憶中，虎頭埤是保留原始林風貌的風景區，裡面有座非常大的湖伯泊，在炎熱的天氣裡騎著單車從湖面繞著走，沿途都是鬱鬱青青的大樹，涼風徐徐吹來，是一件非常享受的事，雖然在二十年後，花上上億元改得面目全非，湖面旁邊的道路也改成柏油路，不過景色還是沒有改變，騎著單車在湖面旁的道路繞行，是我每年夏天非常期待的事。

　　在夏天虎頭埤還有另一項令人期待的活動，那就是每年在虎頭埤蟋蟀館舉辦的蟋蟀擂台賽，在生於電腦世代的我們已經沒在野外捕捉蟋蟀的經驗了，每當聽起老一輩在講抓蟋蟀的趣事，總是無法理解，不過蟋蟀擂台賽讓我們明白上個世代的娛樂。

　　在成為旅遊局員工的時期，有幸在蟋蟀館工作，我從來不曉得，原來蟋蟀的鳴叫聲可以這麼響亮，鬥蟋蟀可以這麼熱血、這麼有趣，許多小朋友也一起參與，並且樂在其中。

　　夏季諸多期待的事物，在我從小到大待的小鎮中，最亮眼的兩項全都在虎頭埤。

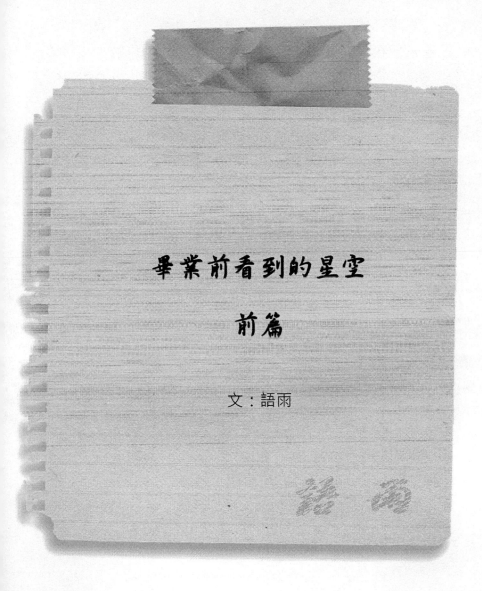

畢業前看到的星空

前篇

文：語雨

語雨

　　高中升學時被分發到一所離家鄉相當遠的二專，那是一間校舍之間隔著許多山坡地和樹林的校園，入學半年就可以讓雙腿肌力上升，而且似乎不想讓學生們為讀書以外的事分心，設在深山偏僻處，出了校門沒有商店、書店和遊樂場，網路更是爛到掉渣，不過學生們還是能各自找到娛樂，像是在假日去市區遊玩，帶了樂器組成樂團，最多的就是帶來單機對戰遊戲，在宿舍內單挑對決。

　　在眾多學生當中，我認識了阿宵，阿宵跟我同年不同科，假日時他不去市區裡面玩，也不聽音樂、玩樂隊，當然也對電腦遊戲沒興趣，跟阿宵成為朋友的契機很平凡，就是我和他都喜歡故事，也會交換喜歡的書籍。

　　「要去看星星嗎？」

　　在即將畢業之時，阿宵邀請我去登山賞星，不用說，當然是非常冷，不過一想到畢業後大概無法見面了，一向只宅在宿舍的我便答應了。

　　穿著禦寒衣物，登上山頂超過晚上十二點了，山頂沒半點燈光，寒風吹過來冷得直叫我發抖，山頂只有幾名賞星客。

　　拿出登山爐起火，阿宵泡了杯咖啡遞給我，我趕忙低啜，一股暖流直達了胃，阿宵從登山包拿出望遠鏡組裝，沒事做的我被指示躺在草地上看星星。

　　一躺下來，只見滿天星斗有如打翻寶石盒，原來星空竟然這麼的美，阿宵解釋了這裡並沒有光害，所以星星才會特別耀眼，不時有光芒劃過天際，我竟不知道夜空會有這麼多流星。

　　「流星雨嗎？」

　　「哈哈，哪有這麼誇張？流星雨的話，整片星空會蓋滿流星。」

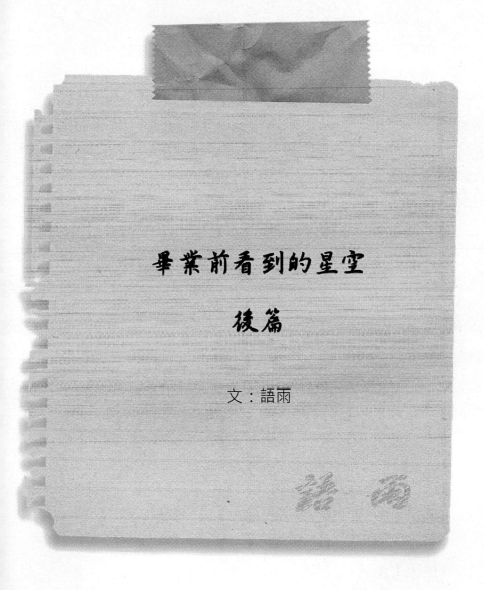

畢業前看到的星空

後篇

文：語雨

　　阿宵邊笑邊調整望遠鏡，調整完叫我湊上來看，一貼近鏡片，我只看到一個圓圓的星球在鏡頭上，環狀圓環如戒指般套在那小小的星球上。

　　「是土星喔。」

　　我非常驚訝，親眼見到的土星看起來好小好精緻，只能在課本上看見的土星環，此時在鏡片中央看得清清楚楚，阿宵竟然可以只靠著一副望遠鏡在宇宙找到它。

　　阿宵聳聳肩膀，說只要知道時日和時辰，配合角度就可以辦到，雖然我不覺得可以像他說得這麼簡單，不過還是佩服的點點頭。

　　看完了土星，阿宵跟著我一起躺下去，手臂抬起來在夜空中筆劃，為我解說冬季大三角和星座，一些星座故事連我都耳熟能詳。

　　「我畢業想要去當天文館館員，或從事天文相關工作。」

　　「你成績這麼爛，可得努力一點。」

　　「我準備用一年去考證照，那你呢？畢業後想幹什麼？」

　　阿宵忽然問起我畢業後的動向，老實講當時我已經考中故鄉附近一所科技大學，所以應該是繼續升學，可我知道這不是阿宵想聽的答案。

　　「我想出書，成為作家。」

　　在思考前我已經脫口而出，原來自己心底想成為作家，說出口才了解到。

　　「是你的話，一定可以做到的。」

　　阿宵沒有嘲笑我，只是信心十足的說著。

　　那晚我們一直聊天，聊到天亮，說起未來方向和回憶，聊天一直沒有中斷。

　　成為作家是相當孤獨險峻的道路，在真的出書以前，真的相當痛苦，不過那晚冬季星空和阿宵的話，一直支撐著我，直到現在也一直迴盪在我記憶中。

那年秋天見到的景色

文：語雨

　　那一年的秋天很熱很熱，什麼秋高氣爽都是騙人的，暑假剛結束，生無可戀的我躺在竹馬家滾來滾去，竹馬嫌我擋路，一腳就把我踢到牆壁邊，我撞到了櫃子，紙箱掉下來砸中了臉，疼得我大叫。

　　「是蕃薯！」

　　「稍微關心一下兒時玩伴好不好！」

　　紙箱內裝得全是蕃薯，竹馬親戚家暑假時寄過來一卡車，鄰居們都有發送到，我家的到現在還沒吃完。

　　「乾脆用這些來炕窯好了……」

　　面對竹馬的提議，我立刻就贊成了，前幾天一起看鄉土節目，裡面主題就有炕窯，對此我心中升起莫名的嚮往，趕緊開始在竹馬家中挖其他食材。

　　「冰箱有隻全雞耶……」

　　「不要動，那是我家的晚餐，真的不要動喔。」

　　「說不要動，就是要動的意思對吧？」

　　「才沒有這種梗！」

　　我家附近正好有一塊大空地，空地時常堆疊建材，因此木料、磚塊和泥土都不缺，唯一的問題大概就是兩人都是第一次炕窯。

「記得要先挖坑，把食材都倒進去。」

「你們是白痴喔！食材要包鋁箔紙啦，但是首先你們要先把窯搭起來！」

「唉，未成年要動火，旁邊要有大人在。」

見兩個傻瓜瞎忙，鄰居大叔看不下去，直接從窗戶出意見，緊接著鄰居阿婆拿著芋頭和玉米一起出現，住隔壁的小哥哥已經開始幫忙搭建土窯，真是神出鬼沒，不知不覺，已經好幾個人加入了。

你們也看了那個鄉土節目對吧？幫忙可以，但是休想我讓出全雞！

等到兩個小時後，推開土窯一股香氣冒出來，大家一起開懷大嚼，那是我在秋天見過最歡樂的景色。

那入坑工藝活的暑假

文：語雨

在一九九九年暑假前半，「世界末日」的前夕，我和朋友開始瘋玩，照父母的講法就是出去像丟掉、回來像撿到，每天早出晚歸，將幾年存來的壓歲錢存款全花光，反正在滅亡後的世界錢根本沒用，大概......

然而，七月過後，諾斯特拉達姆斯預言的恐怖大王根本沒降臨。

「既然世界沒有滅亡，暑假作業就給我完成！」

「諾斯特拉達姆斯你這個大騙子！」

世界末日的藉口對父母沒用了，盡管暑假還有三十天，不過學校作業堆積如山，一個月根本完成不了，自由發表尤其麻煩，自由發表原則上是單人專題，班導師非常嚴格，如果是三天就能完成的隨便作品，交出去的瞬間保證會被痛罵一頓。

就在我煩惱到在地板滾來滾去時，忽然碰到老爸做架子剩下的木頭板子，看著那絕美弧度跟大型郵輪的船底一模一樣，心想乾脆就用這個來做模型吧。

說做就做，這就是筆者本人入坑工藝活的一瞬間，材料只剩下船底的部份，於是我前往五金行去買一些長條木料，一根根量好尺寸來鋸，將船身作出來，當

時不懂用釘子，全南寶樹脂黏，弄得手上地板全是白膠，被老爸一記拳頭敲在腦袋瓜上。

　　辛苦半天後，鋸出的木料條仍然出現細微差距，整個凹凸不平，只好拜託老爸拿電鋸磨掉不平的部份，當總算可以把船頭接起來時，真是太感動了，只記得當時熱衷起來，已經忘記自由發表的事了。

　　開學後，同學們和老師看見我造得大船模型時，全驚訝的合不攏嘴，當我在台上報告做這艘船的細節，都忍不住湧上得意之情。

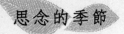
思念的季節

毫無懸念的運動會

文：語雨

一般來說，學校要舉辦運動會都是在秋季，在秋高氣爽的氣候之下，既不用擔心學生中暑倒下，也不用擔心著涼感冒，但我們學校偏偏反道而行，原因是校慶在十二月，把運動會和校慶一起舉辦，這樣省時省力。

所有人都想要在最不冷的體育館內比賽，因此班上在討論時都是殺氣騰騰，這時籃球校隊最吃香，其次是排球社和羽球隊，社員直接編入球類比賽，剩下名額就得爭得頭破血流，那景色每年都可見。

升上三年級後，最後一次運動會，抽中了男女混合接力，在運動會之前，得天天在寒風吹拂的操場練習接棒，偏偏班上運動社團的同學都被分配到球類運動了，也就是說，班上在操場跑步全是宅宅，毫無懸念，註定是殿後魯蛇，這跟公開處刑沒區別。

大概覺得白費力氣，包括筆者本人在內，四個慘遭祭獻的學生在練習都沒什麼幹勁，練習一次後宅宅們就蹲在沒人注意的操場一角閒聊，由於宅的方向不同，怕生的宅宅在運動會前都沒交流，在聊過後發現人都不錯，尤其是還有兩個女生，我們一起抱怨白痴校方舉辦的冬天運動會，另一名男宅宅悄悄告訴我，等到運動會結束後就要告白。

　　很快的，運動會當天就到了，毫無懸念是最後一名，這就是最後一次跑步接力，喘著氣彼此微笑一下，不禁在感到解脫感的同時又有點寂寞。

　　對了，在運動會後，宅宅真的跑去告白，不過一下子就被擊沈了。

　　果然是毫無懸念……

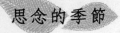

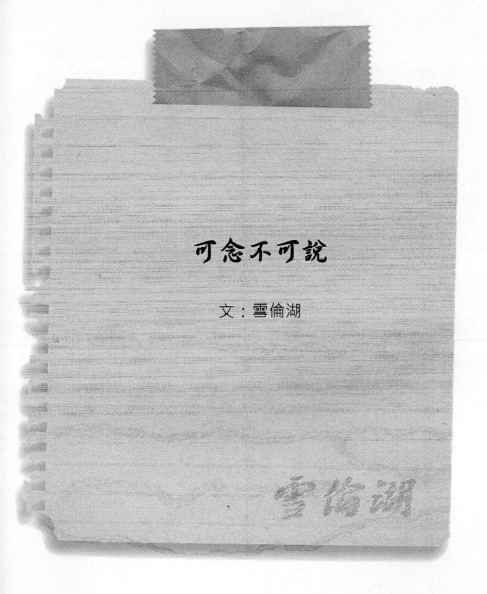

可念不可說

文：雪倫湖

思念，如影隨形。

如影，無法觸碰。

在紐約讀大學時，她認識了他。

他家很有錢，但他英文很貧瘠。

當時，他剛到紐約，一口破爛英文，卻活得自由自在。他父親希望他能好好學英文，於是透過朋友介紹，成績優異的她，成為他的家教老師。

當時她還有半年就完成學業，可以學成歸國，而他是個剛滿十八歲的男孩。

兩人雖然相差五歲，相處卻是異常融洽。

因為從小被愛灌溉長大的她，很會體貼別人。

而他，恰恰相反。

國小時，父母離異，父親辛苦的扶養他長大。

國中時，父親再娶，他雖然理解，內心的孤獨有時卻難以和解。

他讓父親和阿姨好好過兩人世界，決定高中畢業後就出國讀書。

他英文不好，所以先到當地念 ESL。

沒想到，在異鄉竟然認識了她。

雖然她要求他稱呼「姊」，然而他始終不願意。

她是了解他的，懂得傾聽、懂得體諒、懂得關懷、懂得包容。

不是只是為了束脩而來。

他知道她平靜的心湖，漸漸掀起一絲波瀾。

他也知道，再半年她就要回台灣。

他壓抑感情，在她回台灣的那天破防，兩人在機場，相擁而泣。

她何嘗又不是？

他知道，自己會思念她。

她知道，她也會想念他。

或許，歲月更迭，季節流轉，兩人會有再見的一天。

若是有緣。

不是嗎？

再見一面

文：雪倫湖

雪倫湖

詠崎第一次見到蘇勢，是在朋友的生日聚會。

他穿著藍色條紋襯衫，藍色牛仔褲，靜靜地坐在沙發上，看著電影《理性與感性》。即使當時人聲鼎沸，他毫不受影響，在吵雜中享受個人靜謐。

《理性與感性》是詠崎最愛的電影之一，因此，她忍不住悄悄著坐在一旁，陪他一起看。

看完後，兩人自然而然開始討論起電影。

蘇勢覺得當兩人無法達成共識，漸行漸遠，是必然結果。然而，詠崎卻認為，感情不易，如果能夠堅持和努力，為何要放棄。不同的愛情觀，讓他們在爭執中，產生一種莫名的吸引力。

因為彼此吸引，兩人相戀相惜。

由於觀念差異，兩人分道揚鑣。

愛情觀不同的看法，讓他們走向分手一途。即使分開多年，詠崎依然無法將他從心中徹底抹去。曾經的過往，難以抹滅，畢竟真實發生過，誰能說忘就忘呢？

尤其，每當蘇勢生日的當天時，詠崎總會想起他。

曾經撥電話想祝他生日快樂，卻覺得不合時宜。

　　她曾想過，如果在街上偶然碰到，該如何打招呼才自然呢？

　　她思念蘇勢，卻沒有勇氣，再與他聯絡。

　　今天，她幻想多次相遇的畫面發生了，但是，沒有驚喜，只有驚嚇。

　　讓她徹底清醒。

　　今天是情人節，沒有男友的詠崎，只想躲過街上粉紅泡泡攻擊。未料，經過一間餐廳時，無意間見到蘇勢牽著密陌生女子的手，兩人親密開心地走進餐廳。

　　詠崎的頭髮被風吹亂，平靜的心湖被他打亂。

　　終究，錯過還是錯過了。

　　思念，只能長留心底了。

　　再見一面？

　　省省吧！

枫葉

文：雪倫湖

景色宜人，微風徐徐。

走過楓葉的街道，撫平空虛的曾經。

大學畢業後，利用還沒工作的空檔，小雪到溫哥華旅行幾天，選擇這個地方除了風景優美，更重要的原因是，因為她之前曾聽爸爸提起過，媽媽再嫁後，搬到了此處。

媽媽一直是很浪漫的人，她喜歡燭光晚餐、喜歡楓葉片片、喜歡藍天白雲、喜歡浪漫驚喜。

爸爸是個嚴肅拘謹的人，實事求是，所以兩人漸行漸遠，吵架、和好，再吵架，再和好。有一天，這個循環打碎了，永遠停在吵架的階段，永無和好的那天。兩人，終於走向離婚，走到分開的那天。

沒多久，媽媽遇到了能和她一起賞花吟詩的人，決定與他共享喜怒哀樂。

愛情，沒有對錯。錯的地方是，太快投入另一段感情。

原本因為離婚就和媽媽不歡而散的父親，更加不能原諒母親。

　　小雪印象中，媽媽曾來看過她幾次，直到搬到溫哥華後，就再也沒見面了。她思念母親，她相信對方亦如是。

　　她沒有她的聯絡方式，只是想和母親在共同的土地呼吸。

　　或許因為思念太強烈，在她離開溫哥華的前一天，小雪遇到了她。

　　衣著華麗，氣質非凡，和印象中的媽媽，天壤之別。

　　小雪看了她一眼，眼眶濡濕，差點脫口而出的「媽」，始終沒喊出口。

　　思念很玄，也很美。

　　尤其在秋意濃的季節。

最美遇見（上）

文：雪倫湖

「妳愛我嗎？」

當蔓瑜聽到這句話後，忍不住哈哈大笑。

和蔓瑜認識了五年的摯友長青，在一次微醺的狀態下，突然脫口而出，問了這個讓兩人尷尬又曖昧的問題。

「我們是好兄弟、好哥兒們、好朋友，沒什麼愛不愛的，只有義氣和友情。」蔓瑜一直把長青當成密友，從來沒想過兩人有天會跨過那條線。

雖然，當她聽到這個問題時，心跳突然漏跳一拍，這點讓她非常疑惑。

她一定也醉了。

「我對妳感覺好像變了，變得不太一樣。」長青在蔓瑜耳邊低語，表達情感，讓她臉倏地脹紅。

「我看你真的喝多了，開始醉言醉噢。長青，我警告你，你再藉著酒意耍流氓，我會讓你知道後果會有多嚴重。」蔓瑜假裝開玩笑，跳開這個話題。

長青的眼神閃過一絲的沮喪和難過。

今晚過後，兩人之間除了原本珍貴的友誼之外，似乎還有另外一種莫名的情愫，在彼此心中流竄。

或許有芥蒂，或許不想讓蔓瑜為難，或許想療傷，又或許覺得蔓瑜對自己毫無男女之情。長青，壓抑心中情感，漸漸淡出蔓瑜的生活圈，最後出國工作。

蔓瑜知道長青是故意避開和疏遠她，自尊告訴她，既然自己不愛他，就別自私的想將他成為自己的私有物。

蔓瑜赫然發現，她可能會永遠失去長青這個「好友」，有了這種想法，她突然有種莫名的害怕和依依不捨，她不想失去長青。

但是，她該如何挽回呢？

思念的季節

最美遇見（下）

文：雪倫湖

時光荏苒。

長青出國工作已經一年多了，蔓瑜發現，她對長青的思念與日俱增，漸漸加深，似乎已經超越友情，變成「有情」。

思念著長青，成為她的習慣。看到白雲，想到他們曾一起野餐；看到日落，想到兩人曾一起跨年；遇到暴雨，想到長青曾溫馨接送；見到流星，想到兩人曾一起許願。只是，這些兩人一起度過的過往，隨著時間的流逝，真的會變成往事，而不再更新。一想到此，蔓瑜感到無助又難受。彷彿抓不住的風，眼睜睜的看它消失，卻無能為力。

兩人已經許久未聯繫。他，不知道過得好不好？不過長青很懂生活，肯定不會委屈自己。只是，他，身旁會不會已經有個「她」，蔓瑜害怕知道答案，卻又渴望知道他的近況。

悠揚的電話鈴聲，將她的思緒拉回現實。

「妳……最近好嗎？」熟悉的溫暖嗓音，竟讓她哽咽了。她好思念這聲音，這人，這一切。

「還好。你呢？」千言萬語，只化作一句「你呢？」

　　「不好。」長青嘆了一口氣，繼續說道：「我回台灣已經幾天了。我曾經天真的以為工作和距離能讓我忘了妳，但是我發現，一切的努力都是徒然。考慮了許久後，想在離開台灣之前，再給自己一次機會。不管結局如何，都代表我曾經的不放棄，這就夠了。蔓瑜，妳願意和我一起......」

　　「只願君心似我心。」不等長青說完，蔓瑜鼓起勇氣，坦白道出甜蜜的答案。

　　電話那頭的長青，開始哈哈大笑。

　　思念的季節已經過去。

　　未來，將是充滿愛的季節。

　　不是嗎？

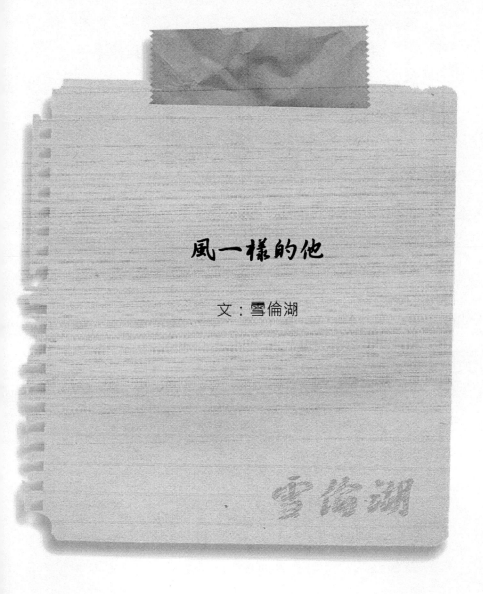

風一樣的他

文：雪倫湖

　　第一次見到莫特，是在朋友的生日派對上，他神采奕奕，自信風趣，讓雷蘊對他留下深刻的印象。

　　雷蘊知道，像風一樣的默特，是她無法駕馭，也無法擁抱的對象。然而，當愛情來臨，即使是城牆鐵壁，都難以阻擋這強烈的吸引力。

　　明知對方有毒，她忍不住飲鴆止渴。

　　兩人相知、相惜、相愛，還多了一種愛情的負面成分：懷疑。

　　莫特喜愛自由自在，非常討厭報告行蹤這個行為，讓雷蘊常常找不到人，久而久之，她開始疑神疑鬼，覺得莫特是不是除了她這個女友，還有其他曖昧對象。

　　「疑心病」是愛情可怕的殺手之一，很多情侶都逃不過它的狙擊。

　　一次次的大吵，一次次的安撫。終於，在一次大吵後，莫特覺得他受夠這種無意義的爭吵，這不是愛情，這是場戰鬥。於是他冷靜地說道：「妳知道我喜歡自由，妳清楚我像風一樣的性格，可是妳卻又試圖改變我的個性。這樣的愛情，太累了，我承受不起。」

　　雷蘊怒氣沖沖地望著他，「所以呢？」

莫特壓抑心中的不捨，語重心長地說道：「我們先退回好朋友位置吧。」

他如微風般吹進她的心扉，又如狂風般，吹亂她的人生後，消失無蹤。

雷蘊依舊很想他，只是思念，就是思念，從未妄想他會再次回到他身邊。

因為藉由思念，她能想到他的好，他的開朗，和他的一切。

而不需要爭吵。

或許，時光荏苒，當兩人更加成熟了，還有機會開啟新的篇章。

或許！

世界，不同

文：雪倫湖

相遇，是緣分。

好的相遇，是善緣。

不好的相遇，是虐緣。

在沒認識蔣徙之前，郝昭琪的生活平淡無波，卻也自在。

和蔣徙相遇，是在朋友開的酒吧。

由於酒吧剛開幕不久，滴酒不沾的她，經過朋友再三邀約，於是前往捧個人場。

蔣徙外表稚氣單純，卻是個情場高手。

他帶著郝昭琪開始多采多姿的夜生活，雖然不至於夜夜笙歌，但是比起她之前規律無趣的生活，天差地遠，讓她見識到人生的另外一個層面，漸漸愛上這樣的生活方式。

郝昭琪的父母察覺到她的變化，不啻是外表，甚至連言行舉止，也變得不太一樣。知道蔣徙的存在後，他們大發雷霆，禁止郝昭琪和蔣徙見面。郝昭琪第一次和父母大吵，並執意要和蔣徙出去。為了阻止兩人相見，父母只能偷偷跟蹤女兒，見到了這位讓女兒心心念念的人。

　　他們開門見山的向蔣徙表白來意，要求對方放過他們女兒。

　　「放過？」蔣徙冷冷一笑，「這兩個字未免太過沉重。這是她自己的選擇，我從來沒強迫她。」

　　蔣徙表面雖然嗤之以鼻，沒有馬上答應，不過看著兩個年邁的老人家，在寒風刺骨的夜晚，苦苦哀求著自己，他突然感到一絲的不捨。

　　經過一晚的思考後，他傳了一封簡訊給郝昭琪，表示自己下週就要去美國和「女友」見面，以後見面的機會，幾乎微乎其微了。

　　他不接郝昭琪的電話，他對於如何「失聯」的技巧，非常純熟。冷處理才能真正解決問題，而過多的言語，只會讓對方以為還有機會。

　　蔣徙徹底離開了郝昭琪的生活圈。

　　郝昭琪也漸漸離開五光十色的夜生活。

　　只是，每次經過他們第一次相遇的酒吧，她總是忍不住想起蔣徙。

　　思念這位在她生命中短暫停留過的「遊客」。

　　卻留下色彩斑斕的回憶。

下一站，思念

文：雪倫湖

雪倫湖

人生就像搭乘火車，途中會遇到很多的朋友，有的人可能只陪你一段；有的人可能會陪你度過青蔥歲月；有的人可能會陪你度過失戀傷痛；有人可能會陪你到終點站。

不管陪你的時間長短，好朋友之間的一切都是珍貴的時光。

葛瑞雅在英國遊學時，認識了活潑的珊妮，兩人一拍即合。她們住在同一個寄宿家庭中，因此遊學的這段時間，常常結伴出遊。珊妮是個非常友善體貼的人，常幫葛瑞雅打掃臥室，傾聽她的喜怒哀樂，給予她建議和協助，並照顧她的生活起居，兩人很快就成為莫逆之交。

在英國近一個月時，葛瑞雅認識了布萊恩，葛瑞雅對他幾乎是一見鍾情，經過幾天相處後，決定和他交往。然而，珊妮認識布萊恩的前女友，知道其為人花心善變，因此極力阻止，用詞過度嚴厲，讓葛瑞雅感到不悅，結果和珊妮大吵一架，兩人不歡而散。

冷戰了幾天，葛瑞雅想到珊妮對她的關懷，決定拉下面子主動求和，當她敲葛瑞雅的房門時，寄宿家庭的媽媽驚訝地說道：「珊妮家裡突然有點事情，昨天搭飛機回去了，妳不知道嗎？我以為妳們感情很好。」

後來，葛瑞雅和布萊恩也沒有將往，因為她發現原來布萊恩還有其他紅粉知己，證明珊妮是對的。只是，一切都太遲，她已經無法聯絡到珊妮。

此去經年，每到夏天時，葛瑞雅總會想起起珊妮，她們曾經一起度過的美好時光，她們曾一起分享的濃厚情感。

回憶雖然很短，但是思念卻很長。

在青春相遇

文：雪倫湖

青春，揮灑無限的可能。

青春，編織浪漫的夢想。

在青春相遇，純粹飛揚的感情，情竇初開的悸動，更加令人難以忘懷。

他們在大學相戀，兩人都是彼此的初戀，特別珍惜和愛戀對方。

他們征服了讓人聞風喪膽的「兵變」，克服了令人膽戰心驚的「七年之癢」，卻躲不過無聲勝有聲的「距離」。

工作幾年後，認真謹慎，能力備受讚賞的他，受到上司提拔，被派到紐約分公司，這一去，不是幾個月，不是半年，而是以「年」為單位。

剛開始兩人因為捨不得分開，甚至動了換工作的念頭。然而，經過冷靜分析，覺得這個機會很難得，努力說服以「前途」為重，等到三四年後回來，不但調薪還會升職，一舉兩得。

兩人對未來充滿信心，雖然分離苦澀痛苦，加入希望的調味後，變得不再如此難捱。分離的時間越久，感情好像漸漸變淡，兩人聯繫的次數，從經常，變成有時候，最後漸漸變得鮮少。

剛開始到紐約時，他忐忑不安，度日如年。時間是絕佳的良方，再加上同事朵拉熱心協助，他從陌生，變成熟悉，並游刃有餘。如同他和朵拉的關係，逐漸熟稔。

假日時，兩人會一同出遊。派對時，兩人會一同前往。朵拉帶他認識很多朋友，帶他一覽紐約美景，帶他品嘗紐約美食，帶他熟悉公司業務。

也帶他體驗不同的情感。

與眾不同，讓他難以自拔。

終於，他向在台灣的「她」提出了分手。

他沒有坦承分手真正的原因，只是用了一個卑劣卻又稀鬆平常的藉口「感情淡了。」

分手後，她依舊想他，但是日夜的思念，喚不回對方的「愛意」，甚至關懷。

當思念變成了毒藥，當思念變得毫無意義，她知道自己不能再繼續沉迷於「想念」的漩渦。

如同四季一般，春天即將離開，夏天緊跟在後。

當「思念的季節」過了，充滿希望的季節，是否也不遠了。

希望如此。

青澀的印記

文：雪倫湖

　　莉媞認識喬許，是在多倫多就讀語言學校時，當時剛滿十八歲。

　　喬許來自香港，雖然中文說的不是很標準，然而反而憑添趣味。兩人一見如故，常常一起吃飯逛街，分享喜怒哀樂。在異鄉有人二十四小時陪你聊心事，陪你度過悲傷的時刻，兩人情誼特別濃厚。經過幾個月的相處，兩人之間的曖昧，幾乎決堤。

　　這張薄薄的紙，由喬許親自戳破。

　　他主動向莉媞告白。

　　她當下差點答應，但是考慮由於兩人住在不同的區域，莉媞退縮了。

　　隔天她回應了喬許的告白:「我們還是當朋友比較合適。」

　　喬許不解:「我們之間相處的時光這麼快樂，我以為妳對我是有好感的？」

　　莉媞說道:「因為，感情不是兩個人相愛就好，還有其他必須考量的因素。」

　　喬許深深吸了一口氣,「可以請妳再考慮一下嗎？如果確定對我沒那個意思，再直接拒絕。」

「抱歉。」莉媞輕聲說道。

喬許點點頭，表情陰鬱地說道：「但是，我沒辦法再把妳當成普通朋友。」

從那天起，兩人自然而然退回普通朋友的位置。

兩人半夜也不再徹夜長談，也不再一起吃飯。

當喬許再次出現在莉媞的教室時，她心中興奮又期待。

這幾個月以來，莉媞發現自己很想喬許。想著兩人的點點滴滴，兩人的良好默契，以及許多甜美的回憶。她好幾次想找喬許詳談，然而因為缺乏勇氣而作罷。

當莉媞走近喬許時，才發現他不是來找她，而是她的同學「芬妮」。

兩人笑容滿面的一起離開。

莉媞明白了一切，很多事情錯過了就是錯過了。

她眼淚差點流下來。然而，最後的尊嚴，讓她壓下心中的失落和傷感。

莉媞沒發現，喬許在離開前，意味深長的看了莉媞一眼。

　　或許還有期待，或許還有感情，不過那都即將成為過去式了。

　　多年後，每當秋天來臨，莉媞總會想起「喬許」這個名字。

　　如果當初「點頭」，現在的生活將是風景了。

　　如今，只能思念。

　　再思念。

二十年

文：雪倫湖

　　二十年之前，蘇珊和杜約相愛。

　　十年之後，蘇珊和杜約分手。

　　沒有第三者，沒有現實問題，而是因為杜約過度沒自信，不信任愛情。

　　十年之後，蘇珊和杜約在咖啡廳偶遇，原以為自己已經將對方當成一般朋友，未料，再次見到時，埋藏在心底的思念，竟然排山倒海而來。這次的相遇，讓杜約和蘇珊的想念，化成一條繩子，將兩人緊緊相繫。

　　蘇珊和杜約在大學時相戀，兩人相戀的十年之間，雖然相愛，但是因為杜約不夠成熟，疑心病很嚴重，因此常常為了一些莫須有的事情，爭吵不斷，風波不停。

　　很多時候，愛情不是敗給第三者，而是敗給言語，敗給幻想。

　　最後，原以為會攜手走入下一段旅程，卻變成各自走向不同的道路。

　　十年來，兩人已經失去對方聯繫的方式，也習慣對方不在身邊的事實。

　　分手的第十年，兩人不約而同來到當時分手的咖啡廳，景物依舊，人事全非。唯一慶幸的是，咖啡廳還在。

　　彷彿他們的戀愛，還有見證之處。

　　當杜約看到蘇珊的那一刻，心中百感交集，壓抑住心中的澎湃，問道：「妳好嗎？」

　　蘇珊微笑以報，「還好。」

　　分手的這十年以來，兩人各自戀愛，各自分手，對於愛情更加成熟。心底的那個人，似乎仍然未變。這種無法忘懷的思念，讓兩個人見到彼此後，再也不想錯過。

　　杜約早已經不是那個在愛情中，一點點風吹草動，就疑神疑鬼的人。而蘇珊對於愛情，也變得更加包容，變得懂得走入對方不安之處。

　　命運的安排，兩人再次重逢。

　　歷經二十年，命中注定的兩個人，終究還是相聚——相戀。

冷酷的夏天

文：雪倫湖

　　思念，不一定是甜美的、不一定是濃郁的。有時候，思念可能是種不甘願、複雜難辨的或是平淡的思緒。

　　貝崎到美國讀書前，在英文補習班認識了尼克，兩人墜入愛河。計畫比不上變化，原本預計半前後就到美國就讀，為了尼克，貝崎無法拋下他不管，選擇放棄。兩人愛的熱切，貝崎不顧父母反對，毅然決然將留學之事暫時擱置。

　　貝崎的雙親對她非常失望，然而不管如何苦口婆心勸告，貝崎始終無法下定決心。交往半年後，兩人第一次外出旅行，她才發現，原來她愛上了一個這麼自私的人。

　　有人說出門旅行一次，有的情侶回來就分道揚鑣，有的感情會更加緊密。貝崎深刻體會這句話的箇中含意。整趟旅行，尼克只出一張嘴，不幫忙提東西，迷路時，也不主動去問，連辦理住宿，也都由貝崎出馬，全部都推給貝崎。

　　第二天，貝崎身體不舒服，請尼克幫忙買頭痛藥，結果尼克卻以不熟此地而拒絕。貝崎終於按捺不住，和尼克爆發口角

　　結果尼克當場拂袖而去，留下貝崎一人嚎啕大哭。

幾天後，尼克雖然打電話給貝崎，卻是數落她的不是，而不是道歉。貝崎徹底死心，這場短暫的初戀，就此結束。

不久，貝崎前往美國讀書。

其雙親流下欣慰的眼淚。

事隔多年，貝崎再次經過那間飯店，不自覺地想起當時的短暫之戀。

「怎麼了？喜歡這間飯店嗎？」貝崎身邊，一個帥氣的男子問道。

他的貼心和細膩，完勝尼克。

對於尼克，雖然偶爾有思念，但是早已放下。

沒有愛，就沒有恨。

思念，也漸漸消失無蹤了。

桔梗

文：雪倫湖

「你知道桔梗花的花語是什麼嗎？」曾經，一個年輕的男孩露出潔牙，微笑著問著綵曦這個問題。男孩是同校的學長，是學校的校草，成績好、體育佳，是很多女孩心中的偶像。

「桔梗花的話語嗎？我不知道耶。」但是我知道你笑起來的樣子，很可愛也很讓人心動。綵曦在心中默默說道。

「它有很多意思喔，其中一個意思是真誠的愛。」男孩一臉真誠又帶點調皮地看著她。

「啊，長知識了。」綵曦按捺住心中的波濤洶湧，故作淡定地回應。

「這個星期五放學後五點到這裡，我買一束送妳，那就這麼說定了。」男孩倉促地說完，急忙跑開。

「為何突然送我花啊？」綵曦還未問完，突然聯想到剛剛男孩說的花語，臉不由自主地紅了起來。

只是，綵曦並沒有如約地收到那束桔梗。

因為男孩失約了。

因為父親工作的關係，他匆匆地辦了轉學。

綵曦甚至還來不及要到對方的電話。

　　她也沒勇氣跟他同學詢問。

　　因為，她不知道男孩送她桔梗這句話，只是隨口說說，或是真心想送。

　　綵曦不想深究，她只知道每當想起這個男孩，她的心湖，總會掀起陣陣漣漪。

　　這種思念的感覺，難以言喻。

　　這幾分鐘的對話，終究讓她平淡的青蔥歲月，留下難以忘懷的美好回憶。

　　每當她看到桔梗，眼前會浮現出當年那個十八歲的少年。

　　一臉誠摯，笑意盈盈地問道：「妳知道桔梗花的花語是什麼嗎？」

某人

文：雪倫湖

第一次看到「某人」，是天晴氣朗的某一天。

當時他正坐在咖啡廳靠窗的位置，金燦燦的陽光灑落在他髮絲和身上，整個人顯得格外耀眼。尤其他俊俏的臉龐，更讓人無法將目光從他身上移開。

正在排隊的雪儂竟然看到有點忘我，直到被後方的人催促前進，她才驚覺自己的唐突。

某人似乎發覺雪儂的注視，朝她點點頭，露出迷人的微笑。

因為這一笑，雪儂從此，每天都到這家咖啡廳報到。

只為了再次見到此人。

再次見到他讓人心動的微笑。

由於他都穿格子襯衫，所以店員給他「格子先生」的暱稱。

為了不想和人共享一個暱稱，所以雪儂稱他為「某人」。

連續到這間咖啡廳一個月後，雪儂發現某人固定在每個星期六下午三點多，會到此間咖啡廳，點一杯摩卡咖啡和乳酪蛋糕。

連續四星期遇到他，但是雪儂始終沒有勇氣向他搭訕。

「下一次，我一定要知道他的名字。」雪儂告訴自己。

雪儂向自己心理建設了一星期後，又一如往常在星期六地前往咖啡廳。

這次，她故意提前到，坐在某人習慣的位置上。

一兩個小時過去了，某人並未出現。

雪儂等了幾小時，心情從希望到失望，看來他今天不會出現了。

第二個星期六，某人還是沒有出現。

第三個星期六，某人依舊不見蹤影。

雪儂忍不住向有點交情的服務生打聽，才知道原來「某人」已經被外派到美國兩年，所以短時間不會再出現這間咖啡廳。

終究還是錯過，雪儂氣自己躊躇不定，不過一切都遲了。

然而，雪儂已經養成每星期六到這間咖啡廳的習慣。

一遍心疼剛剛萌芽的情感。

一邊思念帥氣陽光的某人。

或許有天，他會再次出現在此間咖啡廳。

在陽光燦爛的午後。

未寄的情書

文：雪倫湖

這是一封寄不出去的情書。

蒐藏在抽屜底部的情書，勾起爾雅塵封的記憶。

當年，爾雅一直暗戀著戴耀學長。由於她掩飾的很好，所以沒有人察覺到她的目光，常常追的戴耀的身影。

除了戴耀本人。

他聽說爾雅得過文學獎，雖然他對她不太感興趣，但是出於好奇使然，他想知道，文學造詣佳的人，寫出來的情書，該會是如何感人肺腑呢？畢竟，在他收到這麼多封的情書裡，沒有一封值得留下。因此，戴耀故意對爾雅釋出善意，表示他收過的情書都言不及義，希望有機會能收到一封情文並茂的情書，他一定會好好珍藏。

聽完這番話，爾雅內心猶如小鹿亂撞。對她而言，寫封情書對她而言如囊之物，因為文字是她拿手項目。然而因為不習慣將心中的情感宣之於口，所以爾雅斷斷續續，花了兩星期才完這封情書。

這封信內斂深沉，將爾雅的心情和愛慕，透過淺淺的文字，表達深深的情感。當她興高采烈地將寫好

的情書交給戴耀，想讓他知道自己的功力時，赫然發現，他身邊已經有了另一個「她」。

爾雅既不解又疑惑，她花了兩星期寫情書，但是他卻花不到兩星期的時間，愛上一個人。透過他人委婉地表示，她才明白，原來戴耀只是戲弄她罷了。

寫一封情書花了她兩星期的時間。

但是，忘記這段青澀傷人的回憶，卻花了她整整兩年的時間。

多年後，爾雅早已忘記情書的內容。

她將它藏在抽屜最下方，就像將這段感情，一併藏在最深處。

思念，曾經。

現在，遺忘。

玩火

文：君靈鈴

　　玩火是一件危險的事，但就是有人喜歡玩火且不顧後果。

　　這是為什麼呢？

　　原因有很多，幾乎是族繁不及備載的地步，但大抵也就脫不了幾個關鍵詞，那就是「好玩」、「刺激」、「我喜歡」、「我高興」、「忌妒」之類。

　　而在這些任性妄為的人面前，沒有所謂的道德觀念，也沒所謂的他人感受，他們就是自己的主宰，也自認可以主宰一切，為了想要的人事物而經由玩火去取得，享受著玩火的過程，也通常很滿意玩火之後的結果。

　　但他們通常不會知道，也不想知道，他們眼中的結果不是結果，仍然只是一個過程而已，玩火的過程可以很長也可以很短，而真正結果到來的時間也可以很長或是很短。

　　可他們在享受玩火的當下是不顧一切的，即便有幾次都差點被火燒到了也不覺得痛，這不是他們沒有痛覺而是他們刻意忽略了這種感覺，或者說是他們壓根兒就是在施行「痛並快樂著」這句話。

　　但這是好事嗎？

　　很顯然並不是，但人太過自我、太過自私、太過不顧他人的結果就會導致引火自焚，而且這把火只要真的在身上蔓延開了，那就不是刻意忽略或是催眠自己繼續痛並快樂著就可以解決的問題。

　　倘若不懂得趕快把火熄滅，那麼燙傷只是小事，被燒的一點渣兒都不剩也可能只是可以預期的結果。

　　聽來挺可怕的吧？

　　但偏偏這世界上喜歡飛蛾撲火的人並不少，或許他們在往火的那方飛去時會認為有浴火重生這種奇蹟，但若是心態不正，又如何去期待會有奇蹟發生呢？

思念的季節

牆

文：君靈鈴

她很想他，但他們之間隔著一道牆。

這道牆隔絕了她跟他之間的連繫，也成為了他們分離的主因。

曾經她也想在他過去之後跨越這道牆，到他的世界去，但她卻很明白他不會因為她這樣做，見到她而感到開心，只是有時候她真的很想問，為什麼世界上會有這道牆存在，讓她如此痛苦絕望卻又解脫不了。

好幾次她都已經站在離牆不遠處了，可是卻又默默回頭，想見他一面的欲望如此炙烈，燒得她遍體鱗傷苦不堪言，她真想化作一隻鳥飛過牆頭跟他重逢，但人就是人，化不成鳥，所以她日日夜夜在痛苦裡煎熬，覺得自己快撐不下去。

被思念淹沒的她得不到救贖，煎熬著過每一天，日日夜夜看著那堵聳立的高牆，總是想著自己要哪天才能到牆的另一邊去與他重逢。

或許要等到白髮蒼蒼？

如此遙遠的歲月讓她越想越心碎，如果真要等這麼長的歲月，她還真想用盡全身力氣把那堵高牆擊破，但她知道自己就算這麼做，那堵牆還是會屹立不搖，不會受半點影響。

　　終於在最後，痛苦的她想通了，想著雖然牆永遠不會倒，但她終有一日可以到達牆的那一邊，而現在她應該在牆的這邊好好過日子，如此一來等有天她過去另一邊的時候，就會有很多話題很有趣事可以跟他分享，她知道他一定會很開心。

　　人與人之間的死別是一種無法言喻的傷痛，但千萬別忘了，逝去的人並不樂見後者的追隨，所以可以思念可以緬懷，然後記住終有一天大家會再相遇，只是時間早晚的問題而已。

歲月

文：君靈鈴

　　歲月是一名頑皮的跑者，它追趕著每一個人，而看起來勝負如此重要的，它卻甘於永遠當最後一名，也因為它老是在最後一名所以在這場永不結束的比賽中它總是可以看到很多故事在賽程中發生。

　　有一種選手不在乎歲月的追趕，在比賽中肆意妄為，步伐有時快有時慢，雜亂無章不說有時還會隨意嘲笑或怒罵其他選手，然後他們會在比賽某一路段忽然消失，留下的是讓人厭惡的甚至感覺有點黏膩的一股黑霧。

　　也有一種選手一直很注意歲月的動靜，在比賽中全力以赴，不只想跑贏歲月，也想著要贏其他選手，所以就算他在比賽某一個路段消失了，留下的煙霧也是帶著金光閃閃，讓路過的選手難以直視。

　　還有一種選手很特別，他們不怕歲月追趕，但也沒有想渾渾噩噩的比賽，而是享受著比賽的過程，偶爾回頭跟歲月打個招呼，然後看著身邊的賽友微笑，平靜且舒適是他們給人的感覺，這樣的選手在遭遇消失後遺留的是一股讓人通體舒暢的微涼白煙。

　　不過在這麼多選手中，歲月最討厭一種選手，那就是消失的時間還沒到就自己求著消失的選手，他們沒想過輸贏問題，只想著自己太累太痛苦所以想消失，

這類人倘若真消失了，留下的就是一股刺鼻的紅煙，不只讓路過他們的選手不舒服，也讓歲月在後方搖頭嘆息。

說真的，歲月雖然不饒人，但日子要怎麼過是自己選擇的，要積極快活的過還是要充滿怨懟或絕望的過都是看自己，但再怎麼說前者在賽程中的體驗感肯定是會比較好的，因為至少在消失前內心殘留的不是遺憾與怨恨，而是快活與舒暢。

暗潮

文：君靈鈴

　　可能很多人都知道，在浩瀚的海洋中暗潮是一種危險的存在，而在職場將此公式套入進去其實也是通用的。

　　所謂「明槍易躲暗箭難防」，很多時候在職場上的暗潮之洶湧常常是我們無法預料也無法想像的危機，也是因為它的潛伏性質讓人猝不及防導致在中招之後可能還反應不過來，甚至要過了很久才明白當初的暗潮到底是潛伏在海洋哪一處。

　　而更可怕的是，有時危機就在身邊而我們並不知道，因為某些表面上看起來非常無害的朋友實際上卻是殺手等級的存在，他們高明的手段和擅於隱藏的性格讓人防不勝防，等到發現那天通常都為時已晚。

　　但即使在這種人身上吃過虧，也請不要輕易就跟著墮落，與暗潮同流合汙，畢竟光明正大的競爭才是為人處事應有的觀念，那些使小手段的人或許可以得到一時的勝利，但時間久了總有一天會被人看破手腳，而到了那一天不管這種人之前的成就再高，終究會因為人品不佳而遭人唾棄。

　　在職場上，良性競爭是該有的，畢竟沒有競爭就沒有進步，可暗箭傷人並不是一種會使人敬佩的得勝

手段，相反的只會顯露出自己的不足與人品不佳，進而影響到自己很多層面。

　　所以在可稱瞬息萬變又相當看重能力的職場上，暗潮是最該注意的一環，而除了注意暗潮之外也要不時叮嚀自己不要成為製造暗潮的一員，充實自己使自己成長才是生存之道。

風起

文：君靈鈴

　　起風了，可很多人不在意，以為這陣微風吹拂就跟往常一樣吹過就雲淡風輕，所以仍然兀自沉溺在自己的世界中，不顧他人的勸說阻撓一心仍想做自己。

　　但誰知這陣風漸漸轉為兇猛，吹的人幾乎站不住腳，但還是有人認為這只是一場美麗的意外，而意外來的突然也通常很快就會結束，一切都會恢復往昔，因此仍是不太在意，只是在心裡告訴自己小心一點度過就好。

　　可很多時候，只顧自己不顧他人，引來的後果卻比想像中還要慘烈，陷在自我意識的牢籠中，不顧左右是在狂風大作後不該為，卻有些人偏偏為之的一種現象。

　　所以很多地方淪陷了，或是在風稍稍趨緩之後狂風又起，且帶來更大的災難跟苦痛，竟是很多人原本無法想像的地獄場景。

　　其實，有時候人是該自私一點，所謂人不為己天誅地滅，但在某些時候如果不跟周遭的人團結起來抵抗強風，那麼這陣足以毀滅天地的狂風或許永遠都不會散去。

假如僥倖風停了，可在它的摧殘下大地也已經一片狼藉，而我們永遠也不會知道下一陣如此次的狂風或甚至更狂烈的風暴會在什麼時候來襲。

這一次風起時沒有做好，但也該在下一次狂風再襲時吸取上一次的教訓，不要再剛愎自用認為與自身無關，反正災難不會那麼倒楣降臨在我的頭上。

世事無絕對，該怎麼做對自己跟他人才是最大的慈悲相信其實很多人都清楚，只是看要不要遵從內心或是繼續頑強做自己而已。

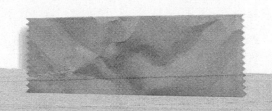

絢爛背後的孤寂

文：君靈鈴

　　某一些人看似風光無限炫彩奪目，但我們卻可能會在某一個時刻甚至是他們人生走到終點後才發現其實這些人的人生雖然精彩無比令人稱羨，可背後隱藏的秘密有時候會讓人不勝唏噓。

　　當然，羨慕是一種人之常情，忌妒自然也是，而這兩種情緒會形成的原因大多也是因為看見了比自己過得更好或比自己更優秀的人才會如此，只是很多時候我們都沒有想到，這些站在頂尖的人活得可能不如我們想像中快活自在。

　　強者是孤獨的這句話有一定的道理，人性中確實有一種慣性是當自己成為強者就會產生過度膨脹的姿態，也會導致身邊人一個個遠去，當然這不是絕對但也不是個例。

　　只是人生苦短，在羨慕或忌妒他人的同時其實也該想想自己為何總是在羨慕或忌妒他人，所以與其花時間在這兩件事上頭還不如多充實自己讓自己成為強者，而不是永遠站在遠處眺望，看著成功的頂峰就在眼前卻老是上不去。

　　而當有一天成功了之後也別忘了初心，初心只要不變其實很多事就不會跟著改變，因為寂寞的滋味相信是任何人都不願意嚐到的傷悲。

　　所以別浪費時間在無謂的事情上，用心看待自己，認真對待每一天，在他人得到成功時真心的祝福，也在自己成功時叮嚀自己別忘了自己從何處來。

　　絢爛背後的孤寂是一種可以預防的情境，要怎麼選擇都在自己。

八月的一場風暴

文：君靈鈴

　　那種猶如被全世界攻擊的滋味是如何，小涵現在懂了，但她不懂的是原因，因為她不知道自己做錯了什麼。

　　但老實說這個世界上有些惡意是沒有因由的，可能只是看你不順眼也可能是因為暗裡忌妒，又甚者是因為你的存在阻礙了誰的康莊大道，不把阻礙剷除又如何順步而走？

　　以上這些都可能是理由，但剛受一連串攻擊的小涵不懂，心中的怨懟排山倒海而來，所以小涵把自己封閉在家裡，不只覺得世界很可怕，更動了以後都不想再出去的心。

　　後來經過了好一陣子小涵慢慢想通了，她想到了「世界上沒有過不去的坎」這句話，也想到「此路不通就往他路走」這九個字，雖然尚未完全釋懷但她知道自己不能再這樣頹廢下去，要不連她自己都要看不起自己了。

　　所以她開始振作，但偏不走「哪裡跌倒往哪裡爬起來」這條路，她覺得既然自己在那條路遭受到那麼多惡意，那麼她就要證明自己在別條路也可以發光發熱，因為那些攻擊她的人就是忌妒她在原道路上可以

翻雲覆雨，那她就要用實力告訴那些人，就算不走原路她也可以東山再起，而且成果會比之前更輝煌。

後來小涵做到了，但在前一次學到教訓的她也因此學到了人在高處越要謹慎越要謙虛的道理，因為我們永遠不會知道敵人潛伏在暗處的哪裡，提高警覺心並在自己可以做到的範圍內釋放自己的力量為一些需要幫助的人帶來協助或許是保護好自己的一種方法，因為「人在做天在看」，無理的惡意終究會有全軍覆沒的一天，並從此灰飛煙滅。

現實中的夢想

文：君靈鈴

「夢想」兩個對於某些人來說老是遙不可及的兩個字。

但有的時候並不是夢想離我們太遠，而是我們一開始就把夢想拋得太遠，導致日後要尋回時困難重重，不僅要披荊斬棘還要攀登多座高山，如此才可能找到夢想本人。

所以如果中途累了倦了，就此放棄尋夢之路也不無可能，畢竟有時候人就是太好高騖遠，定下比登天還難的目標而不自知，總是到最後才驚覺自己就算傾盡所有也無法讓夢想成真。

那麼，重點來了！

我們何不實際一點？

所謂夢想並不代表一定是那些高尚遠大說出來氣勢磅礴的目標，反而可以考慮將目標放實際一些，在力之所及的範圍設定好夢想，如此一來說不定會帶來意外的驚喜也說不定。

畢竟再怎麼說人也是一種很喜歡受到鼓勵的物種，成就感更是很多人在人生上追求的一個重要環節，所以如果不把目標放太遠大，一步一步在每個人生階段訂定好目標，再腳踏實地朝此目標前進，如此一來

比起一開始就把夢想設定山高水遠的區域，這樣的作法或許更有可能更接近最終目的地，而且最重要的是不會把自己逼得太緊，因為踏踏實實的走每一步會比一步想要登天來的安全太多了。

　　所以何不換個思考方式？

　　在想實現夢想卻遭遇挫折之餘思考一下，眼前是否將目標放得太遠，如果放得近一些自己是不是會好過一點，且達成之後自己是不是會因為成功的喜悅而更進步一點，那麼或許就真的會因此離最後目標更近一點了！

放縱

文：君靈鈴

　　應該很多人都會在某個時刻很想放縱一下自己吧？

　　不管是用哪種方式紓壓，為的就是想要輕鬆一下，不管塵世的紛紛擾擾只想沉浸在自己的世界中，隔絕所有的外界聲響，獨自歲月靜好求不打擾。

　　可是也有某部分的人完全不理會放縱「這個孩子」，即使他是「親生」的，但總是把他擺在陰暗的角落不管，自顧自埋頭往前衝，忘了自己什麼時候該吃飯什麼時候該回家，只想創造出一片屬於自己的天地，卻不料在前往成功或甚至已經在成功的路上累到趴下，連多走一步都覺得困難。

　　說真的，適當的放鬆自己是一件非常重要的事，但很多人不知道為什麼忽略了這件事，不斷督促自己往前行，即使已經到達極限也不願意停下，總是要等到倒下了的那一天才想到原來放縱這個孩子一直在家裡等自己。

　　當然，人如果過度放縱肯定不是一件好事，但如果拿捏好分寸適度讓自己放縱一下其實並不為過。

　　而要怎麼放縱其實也全憑自己選擇，畢竟選項很多而每個人喜好不同，就像有些人喜歡潛水有些人喜

歡爬山，也有些人就喜歡約朋友出來吃吃喝喝，更有些人就想只攤在家裡什麼都不管。

雖然到最後放縱都得帶回家養著等待下一次帶出門，但如果抓好了周期就會發現自己曾經感覺到的窒息感與疲憊感會在這些適度的放縱中消失。

所以，人生在世有時候真別把自己逼太緊，適度放縱一下既無傷大雅又有益身心，何樂而不為呢？

一個人的寧靜

文：君靈鈴

　　有人愛熱鬧，有人愛安靜，而巧秋在婚前是個很愛熱鬧的女孩。

　　但她沒有想到婚姻會改變她如此之大，尤其是在有了孩子之後她發現自己幾乎沒有獨處的空間，這讓以前愛笑愛鬧的她驚覺自己竟然需要所謂的「一個人的寧靜」，而這是她以前認為根本不需要的東西。

　　可此時此刻就算她極度需要享受獨處，但情況並不允許，孩子還小需要她時刻照看，丈夫在外打拼回家也需要她提供熱飯，還有家中待處理的事務一件件都等著她，她沒有喘息的時間，更甚者她覺得自己可以說是根本沒有時間去決定自己該怎麼得到喘息的空間。

　　然而其實像巧秋這樣的情況在很多婚後女性中很常見，當人的身份有了轉換，很多事也會變得不同，而且思考邏輯也會跟著改變。

　　女性在成為人妻人母後很常會覺得自己失去了很多，而且總是在很多年之後才發現，而也總是到那個時候才開始思考自己過去的人生究竟錯過了哪些又得到了哪些，而錯過的與得到的相比到底值不值得也總是在這種時刻才開始深思。

　　而當深思過後到底值不值得，很多人卻是沒有答案，要說不值得似乎也不是，說值得好像也不是，矛盾的心態四處亂竄，總會讓人迷茫好一陣子才能得到所謂的答案。

　　但這個答案會是正解嗎？

　　或許只有經歷過的人才明白正解是什麼，也可能他們心中的正解在他人心中並不算正確答案，但說穿了或許到了某個時候這些女性朋友想要的只是一份真正意義上的寧靜，一段真正屬於自己的時光而已。

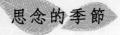

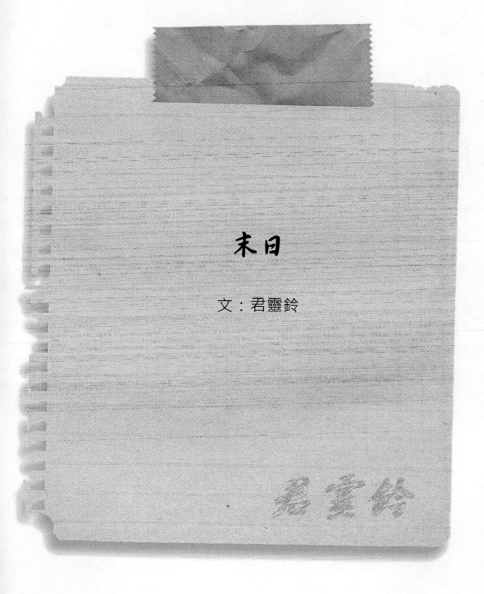

末日

文：君靈鈴

　　想來每個人心中的「末日」景況應該都大不相同，有的人認為世界毀滅生靈塗炭那一天才是末日，但也有的人覺得沒有錢就是末日，更有的人覺得沒愛情是末日，也有人覺得失去親人就是末日。

　　但不管是哪個，「末日」這兩個字總歸而言代表的是一種絕望的氛圍，因為看不到希望所以覺得末日來臨，可事實上除了世界真的毀滅人類真的滅絕之外，其餘的末日都是我們可以克服可以走過去的難關。

　　只是有些人遇到情況不想著克服只想著放棄，放任末日之感走遍周身，在他人的同情中沉溺不前，卻忘了自己其實原本並不那麼脆弱。

　　當然，上天不會不允許我們脆弱，但時間若是太久別說老天爺了，可能連旁人也看不下去，畢竟人受到傷害需要花時間療癒，但若一直在同個情境中無法自拔不想脫身，最後只會得到比受傷時更壞的反效果而已。

　　或許有的時候我們都把心目中的末日想的太可怕，這個可怕被自己無限放大到極致，導致感覺自己的世界就此天崩地裂陷入黑暗，這是因為我們被自己塑造的恐懼給束縛了，就像困在一個圓圈裡無法脫身，

這個畫地自限的框框要如何打破其實自己心裡通常有答案，端看自己如何選擇而已。

　　走出來海闊天空，不想走出來就是活在自己構築的黑暗世界，但人一向是追求光明的生物，黑暗與光明的選擇權本就一直在我們自己手上。

門開著

文：君靈鈴

有遇過門開著卻走不進去的情況嗎？

倘若那真是扇門，那沒道理開著卻走不進去，但如果這扇門是自己設下的一道高聳入雲的大門，那要走進去著實不容易，至少對阿燕來說是如此。

阿燕是個好勝心很強的女強人，在職場上從不想被人看扁，也養成了她凡事都想爭贏的個性，久而久之她變得相當自我，幾乎是完全聽不進別人的意見。

可這世界上沒有一個人永遠都站在勝利那方的道理，不管把勝利的果實當成糧食食用多久，總有一天會發現自己竟然已經坐吃山空，很不幸得等人來救濟。

但阿燕卻早已不習慣他人的幫助，在明知道眼前的案子有誰誰誰來協助會更有效率也能拿到更好成績的她，自己心裡那道坎卻始終過不去，看著那位誰誰誰早已敞開自家大門等著她走進，但她卻是無論如何也邁不開步伐，就那樣僵在原地。

這著實不可取，她也不是不明白，也懂長江後浪推前浪的道理，可她的面子掛不住這件事讓她看著那道開著的門發呆，竟然有點無所適從不知道自己該怎麼辦。

「是不是應該當個有氣度的前輩？」

「是不是該承認自己就是需要幫助？」

「是不是咬著牙走進去那扇門就對了？」

一連串的自問來自阿燕的心裡，而我們都知道其實心理因素是最難克服的一環，很多時候事情並不是最棘手的，最棘手的其實是我們自己。

看看那些站在成功頂峰的人，很多都是懷著謙虛自省的心態才能一直走到現在，放下身段並不可怕，可怕的是當自己快被淹沒時還不懂拉住那隻明擺著要救援的手，任由自己滅頂而不自知。

暫停

文：君靈鈴

　　裕成的外號是「急驚風」，他不管做什麼事都很急，耐心這兩個字對他來說形同虛設，所以在他人眼中他就是個急性子、脾氣又暴躁的人。

　　這樣的急性子在某些層面來說或許是可行的，例如在工作上裕成的效率確實不錯，但這僅止於他獨力完成的案子，倘若是與他人合作，情況有時就會變得一發不可收拾了起來。

　　因為他沒辦法等，覺得等待很浪費時間，即使是需要眾人一起研究討論的案子，他也會希望眾人可以馬上給出一個結果，可是有些事並不是可以馬上就有結果的，可能需要分析、需要收集資料、需要集眾人智慧之大成，所以慢慢的裕成開始被排擠，在公司裡幾乎沒有人願意跟他一起負責案子。

　　當然一開始裕成是不在意的，因為他認為即便如此自己可以完成任何事，但漸漸的他發現事情並不是如自己想像的這般，所以他終於讓自己暫停下來，思考一下目前自己遇到的窘境是怎麼回事。

　　是他太急性子了嗎？

　　想了很久，裕成才終於得出這個結論，但問題是截至目前為止他這輩子都這樣過來了，現在突然要他放慢腳步談何容易？

「其實只要偶爾暫停一下，對你而言效果就會不錯了吧。」

晚上回到家，他難得跟妻子分享內心的困擾，然後就得到妻子這樣的一句回覆，而在妻子的表情中他也才發現，原來自己的急性子也給妻子帶來不小的困擾。

所以這一刻裕成明白了，人生偶爾稍微暫停一下應該是個好選擇，不管帶來的效應是大是小，至少也可以讓自己明白，其實自己是需要喘口氣休息一下的。

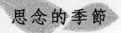
思念的季節

面具

文：君靈鈴

　　帶著面具過日子有多痛苦，或許可以聽聽芳琪說一說。

　　芳琪是家中最大的孩子，從小就被教育什麼都要讓弟弟妹妹，在家中只要有一點點不良的行為就會被指正，說是她身為長姊就該以身作則，不該給弟妹任何不良的示範。

　　而出社會後在母親朋友的公司上班的她，因為是老闆自小看到她大的，很自然被賦予一種乖巧聽話又懂事的形象，一切看來似乎都好，但只有她自己知道自己並不好。

　　但可惜的是在歲月催化下她臉上那個面具似乎越來越難拿下，感覺就像已經緊緊跟她的臉部吸附在一起，就算獨處時想拿下，對她而言也很困難，但這樣戴著面具的人生她真的已經厭倦，對「活出自我」這件事也變得更加渴望。

　　其實她的要求並不多，她只是想要不用再端著猶如聖女般的形象過日子，不要再被他人稱為「乖乖牌」，不要在同事說要出去聚一聚時被排除在外，還順道損一句「跟她出去一定很無趣」這樣的話。

　　「想擺脫就只能靠自己」

某一天她忽然在書店翻書時看到這句話，或許對其他人來這句話一瞬即過，但對於芳琪來說卻猶如醍醐灌頂。

　　奇怪的是雖然不是第一次看到這句話，但她這天卻對這句話特別有感覺，她回家之後細想發現可能是同事隨口的一句「過份乖巧不累嗎？」刺激了她。

　　累啊，怎麼會不累？

　　她臉上這個面具她一直想摘掉卻總是掉入無限的循環中，但她知道她該下定決心為自己而活了，因為人生是自己的不是別人的，當然在自己的人生中面具自然是不需要的，活出自我活出真我才是最重要的事。

另一個世界

文：君靈鈴

　　如果有另一個世界，你要用什麼姿態在那裏生活？

　　是跟原本世界一樣還是會截然不同？

　　相信大家的答案都不會相同，但其實最重要的關鍵點還是......

　　過去、還是不過去？

　　如果在原本的世界待得好好的人，在此刻可能就猶豫了，因為他不知道過去會有多大的改變，又或者可能沒變，但他可能不敢賭，因為安逸的生活讓他失去了冒險的心態，也可能是這邊的一切讓他放不下。

　　反之如果是本來就覺得人生已經沒有太大意義的人，或許他就會想要放手一搏，雖然不知道結果，但他會認為不會比原來的更糟了。

　　到此大抵有人會開始分析兩方的心態，有人可能說會做前者，因為生活安逸太過膽小不敢冒險，而後者其實只是因為一切都不順心只想逃避，而這兩者在現今社會中其實是很常見的兩類人。

　　因為安定不想改變，因為挫折而想逃避，但說穿了其實都是人之常情。

對某些人來說，改變是一件很大的事情，在風平浪靜的區域待得好好的，他怎麼會想去波濤洶湧的地方？

而某些人則是所處之地已經是滿目瘡痍，那麼前往未知之地披荊斬棘又有何不可？

一切都是個人的選擇，其實也不需要他人多餘的置喙，本來人生就是自己的，要怎麼過都自己的選擇，好與壞自然也由自己承擔，至於老是愛管閒事愛說閒話的一類人，或許也可以先想想，在對他人的人生開口之前，自己的人生是否是自己想要的樣子，又或者是其實也很想要有另一個世界可以逃過去呢？

國家圖書館出版品預行編目資料

思念的季節／金竟仔、語雨、雪倫湖、君靈鈴　合著-初版-
臺中市：天空數位圖書　2022.02
面：14.8*21 公分
ISBN：978-986-5575-83-0（平裝）
813.4　　　　　　　　　　　　　　　　　　111002572

書　　　名：思念的季節
發　行　人：蔡輝振
出　版　者：天空數位圖書有限公司
作　　　者：金竟仔、語雨、雪倫湖、君靈鈴
編 輯 公 司：品焞有限公司
編　　　審：瑪加烈
製 作 公 司：賢明有限公司
美 工 設 計：設計組
版 面 編 輯：採編組
出 版 日 期：2022 年 2 月（初版）
銀 行 名 稱：合作金庫銀行南台中分行
銀 行 帳 戶：天空數位圖書有限公司
銀 行 帳 號：006-1070717811498
郵 政 帳 戶：天空數位圖書有限公司
劃 撥 帳 號：22670142
定　　　價：新台幣 380 元整
電子書發明專利第　Ｉ　306564　號
※　如有缺頁、破損等請寄回更換

紙本書編輯印刷：
電子書編輯製作：
天空數位圖書公司　E-mail：familysky@familysky.com.tw　http://www.familysky.com.tw/
地址：40255台中市南區忠明南路787號30F國王大樓　Tel：04-22623893　Fax：04-22623863